U0107334

文
景

———————

Horizon

三部曲

TRILOGIEN

［挪威］约恩·福瑟 著

JON FOSSE

李澍波 译

上海人民出版社

目 录

无 眠

I

阿斯勒和阿莉达在比约格文[1]的街上兜来兜去，阿斯勒肩上扛着的两摞东西基本就是他俩的所有家当而他的手紧攥着提琴盒，里面是他从父亲西格瓦尔那儿继承来的小提琴，而阿莉达拎提着两网兜吃的，现在他们已经在比约格文的大街小巷里转了好几个小时，想找个地方住，但几乎在哪儿都租不到房子，不行，他们说，我们没什么可出租的，没有，他们说，我们能出租的地方都已经租出去了，他们说着诸如此类的话，于是阿斯勒

---

[1] 挪威西部城市卑尔根古称，1918 年比约格文正式更名为卑尔根。——译者注，下同

和阿莉达就只好在街上继续走着来回溜达并且敲门问他们能不能在这幢房子里租一间房，但是这些房子没有任何一幢有空房出租，那他们能去哪儿呢，他们在哪儿能找个栖身之处抵挡眼下暮秋的寒冷和黑暗呢，无论如何他们得在这城里租到一间房，现在幸好是没下雨，但眼看这雨也快要来了，他们不能这样一直无止境地走下去，可为什么没人愿意收留他们呢，也许是大家都一眼能看出来阿莉达快要生产了，哪天分娩都有可能，她的身形一看就是如此，又或者因为他们没成婚因此算不上正式的夫妇，没有体面的身份，不过难道有人能从他们身上看出来这一点吗，不，不是这样，或者也可能是。因为没人愿租房子给他们总归要有个原因，阿斯勒和阿莉达没有承受牧师之手的祝福，并非他们不愿结婚，而仅仅因为他们才十七岁，如何能有时间有条件来办事呢，他们肯定没有操办婚礼所需的一切，一旦他们力所能及，就会体体面面地结婚，要有牧师，有主厨，有一大帮亲友，有小提琴手，以及这好日子里少不了的其他一切。但在那之前就先这样吧，现在这么过其实还挺好，但为什么没人愿意收留他们呢，他们究竟有什么毛病呢，也许如果他们从心底认为自己是已结婚的丈夫和妻子会更好，因为如果他们自己就这么想的话，别人可能就更难看出他们过的是罪人的日子，不至于他们敲了那么多扇门，他们询问过的所有人里没一个愿意收留他们，而他们也无法再这样寻觅下去，已经很晚了，秋深了，天黑了，很冷了，而且雨也可能快要下起来了 [1]

我累极了，阿莉达说

他们停了下来而阿斯勒看着阿莉达，不知该说些什么话来安慰，因为他们已经许多次借着说起即将出世的孩子来安慰自己，会是个女孩还是个男孩，他们说着这样的事，阿莉达觉得养女孩比较省心，他的想法恰恰相

---

[1] 原文中，这部小说的段落结尾一律不用标点符号。这种特殊的书写习惯加强了段落之间的绵延感。

反，男孩更好带，不过，不论是男孩还是女孩，对这个马上就要让他们成为父母的孩子，他们的欢喜和感激一丁点儿都不会少。他们说着这些，想着这个不用多久就要出世的孩子，让心里好受些，阿斯勒和阿莉达在比约格文的大街小巷上走着。直到眼下他们的心情还并不算真的沉重，虽然没人愿意收留他们，船到桥头自然直，很快就会有什么人有个小房间能出租，他们可以在那儿住上一阵子，肯定会好的，既然比约格文有那么多房屋，小房子和大房子，不像杜尔基亚村，只有几家农场和几栋小小的海边度假木屋，她，阿莉达，是人们口中布罗泰特农场赫迪斯妈妈的女儿，来自杜尔基亚村的一个小农场，童年在那里和赫迪斯妈妈、姐姐奥琳娜一起度过，在父亲阿斯拉克一去不复返之后，那年阿莉达三岁，姐姐奥琳娜五岁，阿莉达甚至都没有任何关于她父亲的记忆，除了他那把嗓子，她至今能在脑海里听到他的声音，那嗓音里浓郁的感受，那透亮的锐利、宽阔的音域，但这可能就是爸爸阿斯拉克留给她的所有了，因为她完全不记得他长什么样，也不记得其他的什么，只记得他唱歌时那把嗓子，她从爸爸阿斯拉克那儿得到的就只有这些。而他，阿斯勒，在杜尔基亚村的一个船库[1]里长大，那里布置得像个阁楼上的小小人家，他就在那儿长大，和妈妈西利亚、爸爸西格瓦尔住在一起，直到爸爸西格瓦尔有天在秋季风暴突然来袭时消失在海里，他在西边那些海岛外捕鱼，船在那些岛屿之外，在那座叫作"大石头"的山的另一边沉没了。那时妈妈西利亚和阿斯勒还住在船库里。但是爸爸西格瓦尔没了之后不久，妈妈西利亚就生起病来，她越来越瘦，瘦到视线仿佛能穿透她的脸，看见里面的骨头，她那双蓝色大眼睛日益硕大，最后占据了她整张脸，在阿斯勒眼里看

---

[1] 船库，水边用来存放船和捕鱼工具的小木屋，不铺木板地面，直接以土岸、沙岸、石岸为地面，通风透气，用来存放并晾干木船、渔网、绳子等物很适宜，住人就冬冷夏闷，相当简陋了。

来就是如此，她长长的棕发比以前稀疏，萧疏如羽，后来，有一天早上她再没起床，阿斯勒发现她死在床上。妈妈西利亚躺在那里，蓝色大眼睛睁着，望向旁边，望着爸爸西格瓦尔本该躺着的那边。那一头长而稀疏的棕发盖住了她大半张脸。妈妈西利亚躺在那儿，死了。这已经是一年前的事了，当时阿斯勒十六岁。从此他生命中唯一拥有的就是他自己，以及船库的那点家当，还有爸爸西格瓦尔的小提琴。如果不是有阿莉达，阿斯勒就只剩一个人了，彻底孑然一身。当他看到妈妈西利亚躺在那里，死得不能更透了，已经走了，那一刻他满脑子想的都是阿莉达。黑色长发，黑色眼睛。她整个人的一切。他有阿莉达。现在阿莉达是世界留给他的唯一东西。这是他唯一的念头。阿斯勒把手放在妈妈西利亚冷而白的脸颊上，抚着她的脸颊。现在他只有阿莉达。他想着。他还有小提琴。他也想到了这个。因为爸爸西格瓦尔不只是渔夫，还是个相当出色的小提琴手，在整个外西格纳地区的每场婚礼上他都会演奏，很多年来都是如此，不管是哪个夏日傍晚，只要有舞会，那一定就是爸爸西格瓦尔在那儿拉琴。就在这个属于他的时代，他从东部来到杜尔基亚村，在雷伊特一个农场主的婚礼上演奏，他和妈妈西利亚就是这么相识的，她在那儿当用人，在婚礼上服务，爸爸西格瓦尔则在那儿拉琴。爸爸西格瓦尔和妈妈西利亚就是这么认识的。后来妈妈西利亚怀孕了。后来她生下了阿斯勒。而爸爸西格瓦尔为了养活自己和家人在一艘出海打鱼的船上找了个工作，那个渔民住在"大石头"那儿。作为报酬的一部分，他和西利亚可以住进那个渔民在杜尔基亚村的一个船库里。就这样提琴手爸爸西格瓦尔也成了个渔夫，他住在杜尔基亚村的船库。事情经过就是这样。日子就这样过了下去。现在爸爸西格瓦尔和妈妈西利亚都走了。永远离去了。眼下阿斯勒和阿莉达在比约格文的街上来回走着，他们所有家当被捆作两捆，扛在阿斯勒肩上，他还拿着爸爸西格瓦尔的琴盒以及小提琴。周围黑了，周围很冷。现在阿莉达和阿斯勒已经敲了很多扇门问有没有地方出租而他们得到的答复一律是不行，他们没什么能出租的，能租出去的房间都已经租出去了，没有，他们不出租房间，他们没有这个必要。他们得到的答复都是这一类，阿斯勒和阿莉达走着，他们驻足，他们望向一幢房子，也许那儿可能有地方出租，但如果他们敢壮起胆子敲响那扇门，不管怎样，他们得到的不过是又一个"没有"。但他们也不能就这样在街上来回兜圈，所以他们当然得壮起胆子，去敲响那扇门，问有没有房间出租，可是阿斯勒和阿莉达如何能再一次鼓起勇气去提出他们的请求只为再听一次"没有"，听人说这不可能这里已住满了这样的话语，也许他们带上所有家当一路航行来到比约格文是个错误，但除此之外他们又能怎么办呢，难道他们要住进布罗泰特农场赫迪斯妈妈的房子里，就算她不愿意他们住下来？他们在那儿没有任何前途，假使他们能在那个船库住下去，他们还会住那儿的，但有一天阿斯勒看到一个和他差不多年纪的小伙子开着船驶向船库然后他降下帆把船在岸边系好于是他开始向船库走了过来，一会儿就听到门被敲响于是阿斯勒去开门然后那小伙进来了然后他清了清嗓子就说现在这船库是他的了，因为他父亲和阿斯勒的父亲一起出海之后失踪了，而且现在他自己也需要这个船库所以阿斯勒和阿莉达当然就不能在这里住下去，所以他们得收拾好东西另寻住处，就是这样，他说，然后他走到床边在挺着大肚子的阿莉达身边坐了下来于是阿莉达就站了起来走到阿斯勒身边于是那家伙往床上一躺伸了个懒腰说他累了现在他要休息一会儿，他说，然后阿斯勒看着阿莉达然后他们走到门前把门抬了起来。然后他们走下楼梯在船库外站定。阿莉达挺着大肚子，和阿斯勒站在一起

现在我们没地方住了，阿莉达说

阿斯勒没回答

但这毕竟是他的船库，所以也没法子可想，阿斯勒说

我们没地方住了，阿莉达说

可是已经深秋了，这天又黑又冷，我们总得有个地方住啊，她说

然后他们站在那里一声不吭

而且我马上要生了，随时我都有可能生，她说

是啊，阿斯勒说

我们没地方去了，她说

然后她坐在紧靠船库墙壁的长凳上，那是爸爸西格瓦尔造的

我本应该杀了他，阿斯勒说

别这么说，阿莉达说

我要杀了他，阿斯勒说

不，不，阿莉达说

就是这样，有的人拥有很多东西而有人没有，她说

那些拥有财产的人可以左右那些没有财产的人，

她说

我想就是这样，阿斯勒说

一定是这样，阿莉达说

我猜一定是，阿斯勒说

然后阿斯勒过去和阿莉达一起在长凳上一言不发地坐着，然后过了一会儿说船库属于他的那人出来了，他说现在他们可以去收拾好所有属于他们的东西，因为现在他要住在船库里，他说，他不想让他们在那儿，至少阿斯勒不行，他说，但是阿莉达则相反，照她现在这样，总是可以住那儿的，他说，他过几小时就回来，然后他们，或者至少阿斯勒，就不能在这儿了，他说。然后他下到他的船上，边解开缆绳边说他要尽快去那个商人那儿当他回来时所有东西必须被清理干净而船库得收拾好，今晚他要睡在那儿，是的，也许阿莉达也可以睡那儿，如果她愿意的话，他说，然后从他们身边挤过去然后他扬起帆然后他的船就沿着岸边向北驶去

我去收拾吧，我，阿斯勒说

我可以帮你，阿莉达说

不，还是回家去布罗泰特吧，去赫迪斯妈妈家吧，阿斯勒说

今晚我们可以睡那儿，他说

也许，阿莉达说

她站了起来，阿斯勒看到她向海岸走过去，她那短短的腿，她圆圆的臀部，她长长的浓密黑发如波浪般从她的背后倾泻然后阿斯勒坐那儿视线追随着阿莉达然后她转身看着他并举起手臂向他挥手然后她开始朝布罗泰特走去然后阿斯勒走进船库然后他把那儿所有东西都打成两个铺盖卷就走出去走向海边，他的肩上还扛着两捆东西，手里拎着小提琴盒而在海面上他看见了那个自称船库主人的人正驾船驶来而阿斯勒朝布罗泰特走去，他把所有家当都打成两捆扛在肩上，除了那小提琴和琴盒，那是攥在手里的，然后当他走了一截路后，他看到

阿莉达朝他走来，她说他们不能住赫迪斯妈妈家，因为赫迪斯妈妈其实一直并不很喜欢她，她的亲生女儿，她一直以来对姐姐奥琳娜偏爱得多，她从来不完全懂为什么会这样，所以她不想去那儿，至少现在不想，现在她肚子太大，还有诸如此类的缘故，她说，而阿斯勒说天已经晚了，很快天就黑了，夜里很冷，已经是深秋了而且很可能快要下雨，所以他们还是妥协一下问他们能不能在布罗泰特的赫迪斯妈妈房子里待着，他说，然后阿莉达说如果非这样不可，那就由他去问，她反正不会问的，她宁可睡别的随便什么地方，她说，然后阿斯勒说如果非得他问，他会问的，等他们到了地方走进门厅时，阿斯勒说现在情况是那拥有船库的人现在想自己住那儿，所以他们没地方去了，他们能不能在赫迪斯妈妈家里住上一阵子呢，阿斯勒说，然后赫迪斯妈妈说不行，但是既然已经这样了她除了让他们住这儿也没别的办法了，但只能住一阵子，她说，然后她说他们可以进来，然后赫迪斯妈妈上了楼于是阿斯勒和阿莉达跟在后面，赫迪斯妈妈走上了阁楼间说他们可以在这里住上一阵子，就是别太久然后她就转身下楼然后阿斯勒把装着他们所有家当的铺盖卷放在地板上提琴盒放角落里然后阿莉达说赫迪斯妈妈从来没喜欢过她，从来没有，她就没有过，而她自己也从来没完全明白她为什么不喜欢她，赫迪斯妈妈可能也不很喜欢阿斯勒，她讨厌他，绝对是的，假如要说实话，情况可能就是这样而且现在阿莉达怀了孩子，她和阿斯勒又没有结婚，所以赫迪斯妈妈不可能让她家里有这样的丑事，她很可能就这么想的，赫迪斯妈妈，就算她没说出来，阿莉达说，所以在这里，在这里他们顶多就熬过今晚，就一夜，阿莉达说，然后阿斯勒说如果是这样，那么除了明天去比约格文他就不知道别的办法了，那儿肯定能找到地方住，他去过那儿一次，比约格文，他说，阿斯勒和爸爸西格瓦尔一起去过那里，而且他记得很清楚那儿是怎样的，那些街道，那些房屋，那里所有的人，那些声音，那些气味，那些店铺，铺子里所有的东西，这一切在他的记忆里都如此清晰，他说，然后阿莉达问他们怎么去比约格文，阿斯勒说他们得先找到一条船再开船去那儿

那我们得先找到一条船，阿莉达说

是的，阿斯勒说

什么船呢，阿莉达说

船库前面就停着一艘船，阿斯勒说

但是那条船啊，阿莉达说

然后她看到阿斯勒起身出去于是阿莉达在阁楼间里的床上躺了下来又伸了个懒腰然后她眨了眨眼因为她太困了困得眼前浮现出西格瓦尔爸爸拿着小提琴坐在那儿接着他拿出一个酒瓶痛饮了一大口然后她看到阿斯勒站在那里，那黑色的眼睛，那黑色的头发，而这一切沉入了她的心，因为他就在那儿，那儿站着她的男孩，然后她看到西格瓦尔爸爸向阿斯勒招手于是他走到他父亲身

边然后她看到阿斯勒坐在那儿把小提琴放在下巴底下就开始了演奏而她体内就在这瞬间绵软下来然后她被托举起来，她越来越高而就在他的音乐里她听到了爸爸阿斯拉克的歌声，她听到了她自己的人生和她自己的未来而她了解她应该了解的事物，她就在她自己的未来中，一切都是敞开的，一切都是困难的，但是那歌在那儿，那就是他们称之为爱的歌，那么她只要在这乐声中栖身就好了，她哪儿都不想去，然后赫迪斯妈妈就来了问她在干什么，她不是早就应该去给母牛们喂水了吗，她不该早就去铲雪了吗，她想什么呢，她认为赫迪斯妈妈该干所有的活吗，打理房子，照看牲口，做饭，不是吗？她们要做的活已经很难干完，而她还总不帮忙，总偷懒，不，这样下去不行，她得放机灵点，她该去学着点奥琳娜姐姐，看她是怎么尽力帮忙的，姐妹俩怎么这么不同啊，外表不同，其他方面也不同，怎么会这样呢，一个看起来像父亲，另一个像母亲，一个像母亲那么白皙，另一个像父亲那么黝黑，就是这样，没法不这样，而且可能永远不会是别的样子，赫迪斯妈妈说，而她也绝不会去帮忙，在妈妈总斥责她朝她大叫时不会，她总是坏的那个，奥琳娜姐姐是好的那个，她是黑的，奥琳娜姐姐是白的，阿莉达在床上伸了个懒腰，现在一切该怎么办呢，他们要怎么办呢，她随时都可能生，好吧船库那儿也不是什么王宫，但那毕竟是个能住的地方，现在他们甚至无法待在那里，现在他们可能没地方可去也没有钱财，不，他们可以说是什么都没有，好吧她身上还有那么几张钞票，阿斯勒可能也有，但都少得可怜，就是这些了，可以说是什么都没有，但他们应该也能过下去，这点她很肯定，他们能站住脚跟的，只要阿斯勒能快点回来，因为那边还有船的问题，不，她不用去想那个，它总归会解决的，阿莉达听到赫迪斯妈妈说她和她爸一样又黑又丑，也一样懒，她总是在躲懒，赫迪斯妈妈总这么说，她该怎么办呢，无论如何还有奥琳娜姐姐，她是要接手农场的，因为阿莉达肯定不行的，农场总得要有人管啊，她听到赫迪斯妈妈这么说，然后她听到奥琳娜姐姐说农场总归要由她来接手的，那个在布罗泰特的很美的农场，奥琳娜姐姐说，阿莉达听到赫迪斯妈妈说真不知道阿莉达以后会变成什么样的人，不，她不知道，阿莉达说不用她操心，她反正也不在乎，然后阿莉达就出去了，她去了圆丘那儿是她和阿斯勒惯常见面的地方，当她走到那附近时她看到阿斯勒坐在那儿看起来苍白又憔悴，她看到他的黑眼睛湿了，她知道出事了，然后阿斯勒看着她说西利亚妈妈死了现在他只有阿莉达了，他仰面躺了下来，阿莉达走过去在他身边躺下，他展开胳膊搂着她抱紧了她然后说今天一大早他发现妈妈西利亚死了，她躺在床上，那蓝色大眼睛占满了整张脸，他说，他把阿莉达拥在怀里然后他们就消失在彼此中，唯一能听到的只有树叶间轻柔的风声，他们消失他们感到羞愧他们杀人他们说话不再思考然后他们躺

在圆丘那儿他们消失他们坐了起来然后他们坐在圆丘那儿远眺大海

想想在西利亚妈妈去世这天做这样的事情，阿斯勒说

是啊，阿莉达说

阿斯勒和阿莉达站了起来，他们站在那儿整理衣服然后他们站在那儿望向西边的海岛，靠近"大石头"那边

你在想西格瓦尔爸爸呢，阿莉达说

是的，阿斯勒说

他把手举到空中站在那儿举手迎着风

但是你还有我啊，阿莉达说

你也有我，阿斯勒说

然后阿斯勒开始来回挥手他在挥手

你在朝你父母挥手，阿莉达说

是的，阿斯勒说

你也注意到了，他说

是啊他们就在这儿，他说

他们俩现在都在这儿，他说

然后阿斯勒把手放下把它伸向阿莉达，他抚摸着她的下巴然后他握住她的手于是他们就这样站在那里

想想，阿莉达说

是的，阿斯勒说

想想假如，阿莉达说

她把另一只手放在肚子上

是啊想想这个，阿斯勒说

然后他们相视一笑然后他们开始手拉着手沿着布罗泰特走下去然后阿莉达看到阿斯勒站在阁楼间地板上头发还湿漉漉的神情痛苦看起来累且憔悴

你去哪儿了，阿莉达说

没，哪儿都没去，阿斯勒说

但你又湿又冷，她说

她说阿斯勒现在必须过来躺下而他只是站在那儿

别光站在那儿啊，她说

而他只是站在那儿，一动不动

怎么回事，她说

他说现在他们必须走了，船已经弄到了

但是你不想睡一会儿吗，阿莉达说

我们该走了，他说

就一小会儿，你该休息一会儿，她说

不用很久，就一会儿，她说

你累了，阿斯勒说

是的，阿莉达说

你刚才睡了会儿，他说

我想是的，她说

他仍然站在地板上，就在那斜屋顶下方

但是来吧，她说

她向他伸出双臂

我们必须马上就走，他说

但是去哪儿，她说

去比约格文，他说

但怎么去，她说

我们坐船去，他说

那么我们得有条船，她说

我已经弄到了一条船，阿斯勒说

我们先休息一会儿，她说

那就一会儿，他说

这样我们的衣服也能晾干一点，他说

于是阿斯勒脱了衣服把衣服在地板上摊平而阿莉达把毯子铺到一边，这样阿斯勒上床躺在她身边，她感到他身上多么冷多么湿因此她问他进展得顺利吗，他说是的一切都挺顺利他又问她刚才有没有睡一会儿，她说她应该是睡了一会儿了，他说现在他们可以稍微休息一下然后他们得带上吃的，能带多少就带多少，可能再带上些钞票，假如能在哪儿找到一些的话，之后他们就必须上船然后在天亮之前早晨到来之前起航离开，她说是的他认为怎样是最好的他们就怎么做，她说，然后他们就躺着她看到阿斯勒拿着小提琴坐着而她站着听，她听到了来自她自己过去的歌，她听到来自自己未来的歌，她听到爸爸阿斯拉克在歌唱，她知道一切都已是定局而一切就将如此这般，她把手放在自己肚皮上而孩子踢了一下于是她握住阿斯勒的手将它放在肚皮上，胎儿又踢了一下，然后她听到阿斯勒说不，他们现在该走了，趁天黑的时候，现在应该是最好的时候，他说，他太疲倦了，他说，假如他现在睡就可能睡死过去要睡很久，他现在肯定不能睡了，他们必须起来上船，阿斯勒说，然后从床上坐了起来

我们就不能再躺一会儿吗，阿莉达说

你再躺一会儿吧，阿斯勒说

然后他下床站在地板上，阿莉达则问她要不要点起蜡烛，他说不用，于是他开始穿上衣服，阿莉达就问他的衣服干了没，没呢，他说，没全干，但没那么湿了，

他说，然后他穿好了衣服而阿莉达也在床上坐了起来

现在我们要去比约格文了，他说

我们要在比约格文住下来了，阿莉达说

是，是啊我们要住那儿了，阿斯勒说

阿莉达下床站在地板上，她点起蜡烛然后现在她能看到阿斯勒的样子多么凌乱惶恐然后她开始穿衣服

那我们要住哪儿呢，她说

我们得在什么地方找个房子，他说

肯定能找到的，他说

比约格文有那么多房子，那里什么都很多，所以肯定都会好的，他说

不知道比约格文所有那些房子里有没有一间房能给我们住，这我真不知道，阿斯勒说

然后他拿起两捆行李扛在肩上又把小提琴盒攥在了手里而阿莉达拿着蜡烛然后她打开门领他出去，她很慢很安静地走下楼梯而他在她身后悄悄下了楼梯

我去拿点吃的，阿莉达说

很好，阿斯勒说

我在外面院子里等着啊，他说

于是阿斯勒走出大门而阿莉达走进储藏间，她找到了两个网兜然后她把一些腌肉和面饼和黄油都放进网兜然后她走到门厅里打开了大门然后她看到阿斯勒站在院子里然后她把网兜递给他而他走过来接过去

但是你妈妈会说什么，他说

她想说什么就说什么，阿莉达说

是的，不过，他说

然后阿莉达走进门厅又走进厨房，她当然知道她妈把钞票藏哪儿了，它在橱柜最高那格，在一个匣子里，阿莉达找来一张板凳把它放在橱柜旁然后她站上了凳子打开橱柜，就在那儿，她够到了那深处的匣子，把它撬松后打开它拿到了里面的钱然后把匣子推进橱柜里关上柜门然后她站在凳子上手里拿着钞票，这时客厅的门开了，

她看到赫迪斯妈妈的脸映在她举在面前的蜡烛的亮光里

你在干什么，赫迪斯妈妈说

阿莉达站在那儿然后她从凳子上下来了

你手里拿着的是什么，赫迪斯妈妈说

没什么，她说

不，你这人太不可相信了，她说

你已经到了这一步吗，你偷东西，她说

我要抓住你，我，她说

连自己母亲你都偷，她说

居然会有这种事，她说

你和你爸一个德性，你，她说

和他一样的贱人，她说

而且你还是个浪货，她说

看看你自己，她说

把钱给我，她说

立刻把钱给我，她说

你这婊子，赫迪斯妈妈说

然后她抓住阿莉达的手

放开我，阿莉达说

松手，赫迪斯妈妈说

放开我，婊子，她说

我才不松手，阿莉达说

连自己母亲的钱都偷，赫迪斯妈妈说

阿莉达用空着的那只手去打赫迪斯妈妈

你在打自己妈妈啊，赫迪斯妈妈说

不，你比你爸还坏，她说

没人能打我，她说

于是赫迪斯妈妈抓住了阿莉达的头发猛力一拉于是阿莉达尖叫起来也抓住赫迪斯妈妈的头发猛力一拉，这样阿斯勒干站在那儿，他握住赫迪斯妈妈的手掰开了它然后他站在那里死死抱住她

你快走，阿斯勒说

那我走了，阿莉达说

对，去吧，他说

带上那些钱到院子里等着，阿斯勒说

阿莉达攥着那些钞票走到院子里，她在那两捆东西和网兜旁边站定，此刻外面冷飕飕的能看见星星，月亮闪耀而她什么动静都听不到然后就见阿斯勒从房子里出来朝她走来于是她伸手把钞票递给他然后他接过钞票把它们折成一沓然后他把钞票塞进口袋里然后阿莉达两手各拎一个网兜而阿斯勒举起裹着他们全部家当的铺盖卷扛在肩头然后把小提琴盒攥在手里然后他说现在他们该走了于是他们开始沿着布罗泰特走下去，他们谁也没说什么而这是个晴朗的夜晚，有星星在闪烁，有月亮照耀，而他们沿着布罗泰特走下去，下面就是船库而那船就在那里，系在那儿停泊着

我们可以直接开走那条船吗，阿莉达说

完全可以，阿斯勒说

但是，阿莉达说

我们就把船开走没事的，阿斯勒说

我们可以把船开走然后我们就一路航行到比约格文，他说

你不用怕，他说

阿莉达和阿斯勒朝那条船走下去然后他把它拉到岸边把铺盖卷、网兜和小提琴盒都放在了船上，阿莉达爬上船，然后阿斯勒解开缆绳然后他摇着桨把船划远了一些，他说这天气正好，月亮很亮，星星也把四下照得清楚，寒冷而明亮，风势也正适合慢悠悠地往南走，他说，所以现在他们可以行船到比约格文，那很好，他说，阿莉达不想问他船要怎么走然后阿斯勒说他很清楚地记得那一次爸爸西格瓦尔和他行船到了比约格文，他知道船要怎么开，他说，而阿莉达坐在坐板上，她看着阿斯勒把桨收起来放在船里然后扬起了帆然后她看到他坐在掌舵处然后船就开出去了离开了杜尔基亚然后阿莉

达转过身来看着，这个深秋夜晚如此明亮，布罗泰特那儿的那幢房子，那房子看起来破破烂烂，她看到了圆丘，那是她和阿斯勒以前常常相见的地方，在那里她怀上了孩子，那是她的地方，那是她所归属的家，阿莉达看到了那个船库，她和阿斯勒在那里住了几个月，然后船行到岬角附近然后她看到了山脉和小岛和礁石然后船缓慢地向前驶去

你去躺下来睡觉就行了，阿斯勒说

真的吗？阿莉达说

当然，阿斯勒说

你可以裹上那羊毛毯子，然后在船前面躺下来睡，他说

阿莉达打开其中一捆铺盖卷拿出了他们所拥有的全部四条毛毯然后她在船前舱给自己弄得舒舒服服的然后钻了进去，然后她躺着听大海拍打小船的声音然后她坠入这轻盈的低鸣而她躺在这里又温暖又舒服，在这寒冷

的夜里，她抬头望着晶莹的群星望着那圆圆的明月

现在生活开始了，她说

现在我们驶入生活，他说

我不觉得我能睡着，她说

但你至少可以躺在那里休息一会儿，他说

这么躺着感觉真好，她说

你感觉好就好，他说

是啊我们很好，她说

然后她听到海来了，海走了，月亮闪耀而这夜就如奇妙的白昼一般而这船漂啊漂啊漂向前方，向南，沿着陆地

你不困吗，她说

不，我现在非常清醒，他说

然后她看到赫迪斯妈妈走过来，她就站在那儿骂她婊子然后她又看到赫迪斯妈妈在一个圣诞夜端着蒸风干羊排走进厅里而且她是开心的美丽的良善的，并不在她平时常常陷入的沉郁痛苦中，而她就这么走了，她甚至

没和赫迪斯妈妈说一声再见，也没有和奥琳娜姐姐说，她只是把能找到的食物都拿走，把它们装进两个网兜拿着它们就走了，她还拿走了家里的钱，她就这么走了并且再也不会，她再也不会见到赫迪斯妈妈了，这点她知道，而且这是她最后一次看到布罗泰特的房子了，她很确定这一点，她再也不会回到杜尔基亚了，假如她不是就这样离开的话，她会去找赫迪斯妈妈说她再也不会麻烦她了，无论是现在还是以后的日子里，现在她要走了，她们两人之间就一笔勾销了，她会这么说，她们再也不要折磨彼此，她将再也见不到她，就像爸爸阿斯拉克消失后她就再也见不到他那样，现在她走了再也不会回来而假如赫迪斯妈妈问他们要去哪儿，阿莉达就会说这个不需要她操心然后赫迪斯妈妈就会说无论如何她要让阿莉达带上一些吃的然后赫迪斯妈妈就会做一些在路上吃的送来然后赫迪斯妈妈应该会拿出那个装钱的匣子给她一些，然后她会说她真不愿意送女儿去外面的世

界，她再也不会看到赫迪斯妈妈了，这时阿莉达睁开了眼睛，她看到星星已经消失已经不再是夜晚了，她坐起来看到阿斯勒坐在掌舵处

你醒了吗，他说

真好，他说

祝你早上好，他说

也祝你早上好，她说

正好你醒了，因为现在我们马上要进入比约格文的港湾了，他说

阿莉达站起来，坐在坐板上往南边看

我们马上就到了，阿斯勒说

就在那前面，看，他说

我们沿着这个峡湾航行，然后绕过一个岬角，然后我们就到了比峡湾，他说

就这样，我们到了比峡湾，很快就到港口了，他说

阿莉达只看到峡湾两侧的小山，看不到一座房子，

然后他们驶向比约格文，这时风停下来了于是他们就在水上漂着，他们就着水吃了腌肉和面饼，他们又迎来了一点微风然后风浩荡起来然后他们就航行起来了，大概是下午时分进了港湾于是他们靠了过去在码头上系好了船接着阿斯勒登上岸，然后一路询问有没有人会考虑把这船从他那里买下来，感兴趣的人不多，但当他一次又一次地压低价格后他把船换成了几张钞票。这样他们又有了一些钱。接着阿斯勒和阿莉达站在码头带着两捆行李和两个网兜，还有小提琴盒和爸爸西格瓦尔的小提琴，还有一些同样属于他们的钞票。然后他们开步走，至于朝哪儿走已经不那么重要了，阿斯勒说，他们就随便走走看看周围环境，就算他以前来过比约格文，他也说不上对这地方很熟，他说，确实很大，这比约格文市，它是挪威最大的城市之一，也许是最最大的城市，他说，阿莉达说，是的，她还从来没去过比托斯维克[1]更远的地方，这对她来说可是件大事，就是此时，此地，在比约格文这个到处都是房子和人的大城市里，不，她在这里就找不着北了，可能要花好几年才能让她在这里有家的感觉，阿莉达说，但来到这里是很激动的，是的，有那么多要看的东西，每分钟都有那么多事发生，她说，阿斯勒和阿莉达沿着码头走着，看见码头高处街面上有许多塔楼，还有那些房子下方停泊的所有那些船，各种各样的船，四桨船和上面有根笔直桅杆的船和你能想到的任何一种船

那边是广场，阿斯勒说

广场，阿莉达说

你没听说过比约格文的广场吗，他说

好吧，也许我听过，刚才我想到了，阿莉达说

那是像你我这样的乡下人来卖东西的地方，阿斯

---

[1] 托斯维克，位于挪威西部厄于加伦市的一个地区。

勒说

是的，阿莉达说

他们开船过来带着鱼和肉和蔬菜和任何他们要卖的东西，然后他们就在这儿卖，在广场上，阿斯勒说

但没有杜尔基亚的人来这里，他们来吗，阿莉达说

我觉得他们有时候也来，阿斯勒说

他指着，就在那儿，在那些停泊好的船后面，那就是广场，就在那儿，你能看到所有那些人和所有那些摊位，就在那里，他说，阿莉达说他们不用去那边，他们要吗，他们为什么不能走街的另一边，那边人也少，走起来也方便，然后他们过了街然后在他们后方的小山上他们看到了很多房子，所以他们估计假如他们去所有房子中间走一走问问有没有地方提供住宿，阿斯勒说，既然有这么多房子，他们肯定能在那儿租到一个地方住的，他说

然后，阿斯勒说

对，阿莉达说

然后我就得出去找工作了，因为我们得有收入，他说

你想出去找工作，阿莉达说

是啊，阿斯勒说

去哪儿，阿莉达说

我想我得去下面的广场，或者去码头那边问问，阿斯勒说

也许还能找到一些小酒店让我在里面拉琴，他说

阿莉达什么也没说然后他们走进那些房子中间的那条街，这时阿莉达说他们不能去敲最靠外面的、最漂亮的房子的门而阿斯勒说为什么不呢，然后他们停下了然后阿斯勒敲了敲门然后门开了，一个老太太走了出来她看着他们然后她说怎么啦，阿斯勒问她的房子有没有可以出租的房间，老太太重复着"有没有可以出租的房间"然后她说你们从哪儿来的就去哪儿租房在比约格文

这里不行，这里的人已经够多的了，她说着就关上了门，他们听到她在里面说有没有可以出租的房间可以出租的房间同时一瘸一拐地走进了她的房子，可以出租的房间可以出租的房间，然后他们看看彼此咧嘴微笑然后走到街的另一边敲响了那边一座房子的门，过了一小会儿一个女孩走了出来有点迷惑地看着他们，然后阿斯勒问他们的房子有没有可以出租的房间，她微笑着说他们或许能找出个房间给他但是对于她就很难说了，假如她早几个月来他们可能也能给她找到一间房，但现在，她现在这个样子，事情就不一样了，女孩说，然后她站在那里，倚在门框上，然后她看向阿斯勒

你进不进来？女孩说

我不能就在这儿站着，她说

回答我，她说

然后阿莉达看着阿斯勒然后她揪了揪他的袖子

走吧，我们走吧，阿莉达说

好，阿斯勒说

好，你们干吗不走啊，女孩说

来吧，阿莉达说

她轻轻地拉了一下阿斯勒，然后女孩咯咯笑起来走进去关上了门，能听到她在说不这不可能啊，这么英俊的男孩和一个小荡妇，她说，然后另一个人回答说怎么不会，经常就是这样，这很平常啊，一个人说，然后又一个人说，老这样，老是这样，然后阿莉达和阿斯勒继续往街深处走然后他们走了挺长一段路走进了住宅群深处

她太可恶了，阿莉达说

是啊，阿斯勒说

然后他们继续往前走他们又在一幢房子门前停下，他们敲门而不管是谁来开门，总之是没房间出租，他们没有地方，他们不出租，太太不在家，他们说，不是这样就是那样，但总有一样是相同的，就是没房子

给他们住于是阿斯勒和阿莉达在所有这些房子之间走着，这是些小房子，大部分都是，而且它们挨挨挤挤离得很近，一条窄街悄悄游过房子之间，有些地方房子之间也有条稍微宽一点的街，他们在哪儿以及他们要去哪儿，不，阿斯勒或阿莉达都不知道，在比约格文要找片瓦遮头真是太难了，要找一个躲避寒冷和黑暗的地方，不，他们根本没想过会是这样，因为整个下午和晚上阿斯勒和阿莉达都在比约格文街上走来走去，他们敲了一扇又一扇门，他们问了一个又一个人然后他们得到答案，各种各样的答案，但是大多数人都说不，他们没有房间出租，房间都租出去了，这就是他们得到的答复而现在阿莉达和阿斯勒在比约格文的街上走了很长一段时间，现在他们停了下来，他们一动不动地站着然后阿斯勒看着阿莉达，她长长的黑色浓密卷发，她悲伤的黑眼睛

我好累，阿莉达说

阿斯勒看到他亲爱的亲爱的女孩看起来这么累，对于一个怀着孩子很快就要生的女人来说累成阿莉达现在这样可不好，不，这肯定不好

我们待会儿能坐下来休息一会儿吗，阿莉达说

是，我觉得我们可以，阿斯勒说

他们继续往前跋涉然后下起了雨而他们只是艰难地继续前行，但就这样在雨中走着被淋湿，然后被冻坏，现在天也黑了，现在很冷，已是深秋而他们没有地方躲避风雨、寒冷和黑暗，哪怕有一个地方可以让他们能坐下来，在一个温暖的房间里，是啊，要能这样就好了

我累了，真的，阿莉达说

而且现在下着雨，她说

不管怎样我们得找到一个有屋顶的地方，阿斯勒说

不，我们不能这么在雨里浑身湿漉漉地走来走去，他说

不能，阿莉达说

她拉紧了网兜，然后在雨里继续跋涉

你冷不冷，阿斯勒说

是啊，是的，我淋湿了而且很冷，阿莉达说

然后他们停了下来，他们站在雨里，在街上，然后他们走动起来走到一堵墙边，然后他们就站在那儿把自己的身体紧紧贴在墙上

我们该怎么办啊，阿莉达说

我们今晚一定得找个地方避一避，她说

是啊，阿斯勒说

我们肯定至少敲了二十扇门去问有没有房间出租，阿莉达说

肯定比这多，阿斯勒说

没人愿意让我们住进他们的房子，她说

没有人，他说

这么冷没法在外面睡，我们身上也湿透了，她说

是的，他说

然后他们在那儿站了很久一句话也不说，雨一直下，天气很冷，天色很黑，而且现在街上一个人影也看不到了，就在今天早些时候街上还有那么多人，各种各样的人，年轻人、老人，但现在所有人大概都待在自己的房子里，在有灯光有温暖的房间里，因为现在雨一直一直从天上掉下来落在他们脚边形成一个个水洼，然后阿莉达放下了她的网兜，然后她蹲了下来，她的下巴垂到了胸口，她的眼皮盖住了眼睛，然后阿莉达就这么坐着睡着了而阿斯勒也很累很累，眼下距他们躺在布罗泰特赫迪斯妈妈家里已经很久了然后他们起来他们上了船他们开始向南航行到比约格文，到比约格文的这一段长长水路，但那倒很顺利，他们大半个晚上都乘着好风，快到早上时风静下来了而他们就在那里漂浮，阿斯勒太累了他现在站着就能睡着但他不能睡，不他现在不能睡，但他闭上了眼睛，他看到了平静的峡湾蓝得耀眼而外面的大海也蓝得耀眼，那船在这小海湾里微微地上下颠簸，船库周围的山丘是绿色的，而他坐在长凳上他手握着他的小提琴然后他把小提琴放在肩上开始演奏，就在布罗泰特那儿，阿莉达朝他奔跑过来就好像他的琴声和她的动作融在了一起和这明亮的翠绿的一天融在一起，这幸福如此巨大让他的演奏成为一切生长着呼吸着的事物的一部分而他感到对阿莉达的爱在他身体内涌流奔腾，它流入他的琴声，它流入那一切生长和呼吸的事物，阿莉达来到他身边在那长凳上挨着他坐下，他继续拉琴，阿莉达把手放在他大腿上他拉着琴，他拉着琴，这琴声像天一样高像天一样宽广，因为昨天他们刚刚遇见，阿莉达和阿斯勒，他们说好了她会下来找他，但到目前为止他们没怎么说过话，昨天是他们第一次说话，但他们眼里都有对方而且自从他们长成人，长到男孩注意女孩、女孩注意男孩的年纪就都感到被对方吸引，从他们第一眼见到对方开始，他们深深地看着对方，他们知道这一点，同时什么也没说，昨晚他们和对方说了话，第一次了解了对方，因为昨晚阿斯勒和爸爸西格瓦尔一起在雷伊特那个农场主的婚礼上拉琴，爸爸西格瓦尔遇到西利亚妈妈的那个晚上也是在那儿演奏，那一次是雷伊特那个农场主结婚，昨晚是他女儿，当阿斯勒知道爸爸西格瓦尔要去那个婚礼上拉琴，他问他能不能也一起去

可以啊你可以一起来，爸爸西格瓦尔说

我别无选择只能说"是"，他说

也没有别的可能了，你终究会成为一个小提琴手，他说

然后爸爸西格瓦尔说如果是这样的话，那么他就是小提琴手也应该是小提琴手，反正他已经拉得这么好，要只说拉琴的话他已经可以算是个相当成熟的演奏家，做个小提琴手，就做个小提琴手吧，对这事基本一点办法没有，他会当个小提琴手，他的儿子也要当个小

提琴手，这事也根本不奇怪，因为他的父亲老阿斯勒和他爷爷老西格瓦尔，也曾经是小提琴手，成为小提琴手肯定是这个家族的命运，尽管做小提琴手可以算是一种霉运，是啊真是的，爸爸西格瓦尔说，但假如你是个小提琴手你就是个小提琴手，假如事情就是这样，是啊，这事没有办法可想，是啊，没什么办法，他这么认为，爸爸西格瓦尔说，假如你问他这是打哪儿来的，他回答这可能来自悲伤，为某些事悲伤，或者就是悲伤本身，在音乐里悲伤会减轻并升腾起来而这升腾可能变成喜悦和幸福，所以这就是为什么非如此不可，这就是为什么他必须拉琴，这悲伤会给一些人留下些什么，这就是为什么很多人喜欢听人演奏，可能就是如此，因为演奏托起了他们的存在并使之上升，无论他们是在守灵还是庆祝婚礼或者大家就是为了跳舞和欢庆而聚在一起，但是为什么只有他们而不是别人被赋予了成为小提琴手的命运，是啊他也说不出原因，他从来没有太多知识和智慧，但是他还是小男孩时就已经是个极好的小提琴手了，就在阿斯勒这个年纪，就像阿斯勒现在也是一个很出色的小提琴手一样，他和阿斯勒在很多方面都很像，爸爸西格瓦尔说，他在阿斯勒这个年龄也跟着他的父亲在一个婚礼上演奏，现在阿斯勒要跟着他父亲去练练手了，这年夏天晚些时候他可以跟着父亲在一个普通的舞会上演奏然后他可以跟着父亲在一个葬礼上演奏，这就是他父亲带领他的方式，去婚礼上，葬礼上，舞会上，如果要说他是不是喜欢，是不是喜欢他儿子也当上一个小提琴手，不，那就是完全不同的另一回事了，但是反正也没人问过，小提琴手的命运就是如此，一种宿命，那没有财产的人必须靠着上帝赐予他的礼物勉力维持着，就是这样，这就是生活

今晚你可以试试当小提琴手，爸爸西格瓦尔说

然后他说他们可以一起去婚礼，等他演奏一会儿后，阿斯勒就可以接过小提琴然后拉上一两个曲子，他说

我会演奏到舞会正式开始以后，然后就由你接手，他说

然后爸爸西格瓦尔和阿斯勒都穿上了最体面的行头而妈妈西利亚给他们做了顿好饭，她说现在他们得好好表现，别喝太多酒也不要搞什么疯狂的把戏，她说，然后爸爸西格瓦尔就走了把小提琴盒拎在一只手里，阿斯勒走在他身边然后他们走了一段路，离雷伊特农场越来越近了，父亲坐下来拿出了小提琴，他调好音拉了几个和弦，然后从琴盒里拿出一个酒瓶喝了一大口然后又拉了一小会儿，小心翼翼地，就好像在试探着什么，爸爸西格瓦尔把瓶子递给阿斯勒让他也喝一口，阿斯勒照做了然后他把小提琴递给阿斯勒说他得给琴热身也得给自己热身，要能做到这些，这琴就总是会拉得很好，你慢慢地拉上去，从差不多无声的地方逐步上升，他说，从什么都听不见的地方朝向那阔大的所在，他说，然后阿斯勒坐在那里试着演奏，从几乎什么都听不见的，从那

样的低处开始演奏，尽他所能缓缓地低低地拉，一直
升高

　　就是这样，爸爸西格瓦尔说

　　你已经是个不折不扣的小提琴大师了，你，他说

　　你这不断往上的演奏感觉起来好像你生来从没做过
其他的事，他说

　　然后爸爸西格瓦尔又从瓶子里喝了一口然后阿斯勒
把小提琴递给他然后爸爸西格瓦尔把酒瓶递给阿斯勒于
是他也喝了一口然后他俩坐在那里一句话也不说

　　小提琴手的命运是致命的，然后爸爸西格瓦尔说

　　总是，总是，总是在离开，他说

　　是啊，阿斯勒说

　　是啊，离开你爱的人，离开你自己，爸爸西格瓦
尔说

　　总是把自己献给其他人，他说

　　总是，他说

永远不能完整地属于自己，他说

总是努力让别人完整

然后爸爸西格瓦尔说对他来说他的全部就在于对妈妈西利亚和阿斯勒的爱，他不想四处奔波演奏，但还有什么是他能做的呢，他有什么，一无所有，没有任何世俗之物，唯一的就是这把小提琴和他自己和这该死的小提琴手的命运，爸爸西格瓦尔说，然后他站起来说现在他们得去雷伊特农场做那些注定要做的事而他们也能赚上几张钞票，然后他说阿斯勒可以待在院子里想做什么就做什么，然后过一会儿，到了晚上，当舞会正式开始，他就可以进去站好这样他就能看到他然后他会冲阿斯勒招手然后他会下场这样阿斯勒就可以接过小提琴

然后你拉上一两个曲子，爸爸西格瓦尔说

然后你从此也是一名小提琴手了，他说

你爷爷，你的名字就来自他，他就是这么成为一名

小提琴手的，他说

现在你也一样，他说

而我那个时候也是这样开始的，他说

然后阿斯勒从爸爸西格瓦尔的声音中听到了一种朦朦胧胧的东西，于是他看向他，他看到他站在那里眼里含着泪水然后阿斯勒看到那泪水开始流下爸爸西格瓦尔的脸颊然后他的脸颊绷紧了然后他抬起手背朝眼睛擦过去擦掉了眼泪

我们走吧，爸爸西格瓦尔说

然后阿斯勒看着爸爸西格瓦尔的后背因为他跟在他后面他看见他的长发，用一根绳子在颈后束在一起，这头发原本是黑色的，和阿斯勒的头发一样黑，现在已经有了很多灰白。而且它也相当稀疏了而且爸爸西格瓦尔的步履有些沉了，他已不再年轻，但也不那么老，阿斯勒听到一个声音在说他们不能待在这儿，他睁开眼看到一顶高高的黑帽子就在他面前然后他看到一张留着胡子

的面孔，是一个男人站在那儿，一只手拄着一根长手杖

另一只手提着灯笼，然后他把灯笼举到阿斯勒面前，他

还直视着阿斯勒的脸

你不能站在这儿睡觉，男人说

你们俩不能睡在这里，男人重复说

阿斯勒看到那个男人穿一件黑色长外套

你们必须离开，那男人说

好，阿斯勒说

但我们不知道该去哪里，他说

你们没地方住，那男人说

没有，阿斯勒说

那我应该把你们带走然后把你们关起来，那男人说

我们做了什么错事吗，阿斯勒说

目前还没有，那男人说

然后他咯咯笑了一会儿就放下了灯笼

现在不是夏天了，男人说

是深秋了，又冷又冻，他说

但是我们能在哪儿找到地方住呢，阿斯勒说

你真的在问我吗，男人说

是的，阿斯勒说

比约格文有很多客栈和酒馆，他说

在因斯特街就有几家，他说

客栈和酒馆，阿斯勒说

是的，男人说

我们可以在那儿找间房，阿斯勒说

是的，那人说

但在哪儿，阿斯勒说

那边就有一个，顺这条街再走过去一点，在街的另

一边，那人说

他看向那边一指

那墙上写着"酒馆"的，他说

但是当然你们要付钱住宿，他说

你们为什么不去那儿呢，他说

然后那人走了而阿斯勒看到阿莉达坐在那儿蹲着睡觉，她的下巴垂在胸前，她不能待在这里，当然不能，在这寒冷中，这黑暗中，这雨中，现在是深秋了，但再等会儿，让他们再休息一小会儿，这对他们有好处而且阿斯勒太困了，他感到那么困以至于可以直接躺倒睡着，可以躺倒睡上一个星期，然后他也蹲了下来，把手放在阿莉达的头发上，而她的头发是湿的，于是他抚摸她的头发，他用手指穿过她的头发，他闭上眼睛，感到如此沉重如此疲倦，然后他看到爸爸西格瓦尔坐在雷伊特的客厅里在演奏而他的长发，黑杂着灰，用一根绳子绑在颈后，爸爸西格瓦尔抬起了琴弓而曲声渐渐淡出然后他站起来拿着酒瓶喝了一口然后他从大酒杯里喝了一口然后爸爸西格瓦尔环顾四周，他看到了阿斯勒然后他招手示意阿斯勒过去然后把小提琴递给了阿斯勒

现在轮到你了阿斯勒，爸爸西格瓦尔说

就是这样，就这样，是的，他说

你可以先来一小口，他说

然后他把瓶子递给阿斯勒而他接过去喝了一大口然后又是一大口然后他把瓶子递给了爸爸西格瓦尔而他把大杯子递给了阿斯勒

你还得喝点啤酒，他说

一个小提琴手得有些可以给自己加把劲的东西，爸爸西格瓦尔说

阿斯勒喝了口啤酒又把杯子递回给爸爸西格瓦尔然后他坐在凳子上把小提琴放在大腿上抚过琴弦调了调琴然后把小提琴在肩膀上放好就开始演奏，而这听起来还不坏，于是他奋力向前而人们跳起了舞然后他奋力向前使出了力气，他不想让步，他只想努力向前，他会制服那一次次重击着的悲伤，他想让那悲伤变得轻盈，越来越轻，升起来，像没有重量那样飞起来，往天上飞，他要使之发生，于是他奋力向前拉呀拉然后他发现了乐声

飞扬起来的那个地方然后它盘旋着升起来了，是的，是的，是的，它盘旋着，是啊，然后他不需要再奋力向前，然后这乐声就自己盘旋着飞走了奏出了它自己的世界而每一个能听见它的人，他们都能听出这一点，而阿斯勒抬起头看到她站在那里，她站在那里，他看到阿莉达站在那里，她站在那儿有着浓密的黑色卷发和悲伤的黑色大眼睛。她听见了。她听到了那飞翔而她自己也在那飞翔中。她静静站着，她在飞翔。然后他们一起飞翔，现在他们一起飞翔，她和他。阿莉达和阿斯勒。他看到了爸爸西格瓦尔的脸，他笑了。他的微笑流露出幸福于是爸爸西格瓦尔把瓶子举到嘴边喝了一大口。阿斯勒让这演奏继续演奏。而阿莉达和他在一起。他能从她的眼睛里看出来阿莉达和他在一起。阿斯勒让这飞翔继续飞翔。当它轻盈飞过时他举起琴弓让这飞翔升入虚空。阿斯勒站起来把小提琴递给了爸爸西格瓦尔而他用双臂搂住阿斯勒的肩膀把他紧紧抱住。爸爸西格瓦尔就那么站着手里拿着小提琴紧紧地揽着阿斯勒。然后爸爸西格瓦尔甩了甩头，把小提琴放在肩上然后踩出节拍开始演奏。然后阿斯勒朝阿莉达走去，她站在那儿有一头长长的波浪黑发和一双悲伤的黑色大眼睛。然后阿莉达朝他走来，阿斯勒把手放在她的肩上然后他俩就出去了，他们俩谁也没说一句话直到来到院子里，他们站住了而阿斯勒放下了他的手

所以你就是阿斯勒了，阿莉达说

而你是阿莉达，阿斯勒说

然后他们站在那里，什么也不说

我们以前没说过话，阿斯勒说

没有，阿莉达说

然后他们站在那儿他们什么都不说

但我以前见过你，阿莉达说

我也见过你，阿斯勒说

然后他们就站在那里不说什么

你拉得太好了，阿莉达说

谢谢，阿斯勒说

我在雷伊特农场这里当用人，阿莉达说

今天我在婚礼上服务，但现在舞会开始了我就不用
干活了，她说

我妈妈以前也是这里的用人，阿斯勒说

我们去走一走吧，他说

为什么不呢，阿莉达说

去那儿，是的，那边有个圆丘，在那儿你能直接看
到海，她说

我们要不要去那儿，她说

好，为什么不呢，阿斯勒说

然后他们肩并肩走过去然后阿莉达指着那儿说圆丘
就在那里，你能看到海，还有你在圆丘上就看不到雷伊
特农场和那儿的那些房子而这样很好，她说

你没有兄弟姐妹，阿莉达说

没有，阿斯勒说

我有个姐姐，她的名字叫奥琳娜，阿莉达说

但我不喜欢奥琳娜姐姐，她说

然后你有妈妈和爸爸，她说

是的，阿斯勒说

我以前也有爸有妈，但后来我爸走了然后他就没音
信了，那已经是很多年前的事了，阿莉达说

没人知道他后来怎么样了，她说

是啊，阿斯勒说

他就这样消失了，阿莉达说

他们走到了圆丘然后他们在一块又大又平的石头上
坐了下来

我可以告诉你一件事吗，阿莉达说

可以，阿斯勒说

当你演奏的时候，她说

嗯，阿斯勒说

当你演奏时，我听到了我父亲在唱歌，阿莉达说

总是这样，我小时候，他总给我唱歌，她说

这是我对爸爸阿斯拉克唯一的记忆，她说

我记得他的嗓音，她说

他的嗓音和你的琴声特别像，她说，然后她坐得离
阿斯勒近了一些然后他们就这么坐着什么也不说

所以你是阿莉达，他说

我就是阿莉达然后怎么样呢，她说

然后她笑了一下然后说爸爸阿斯拉克走掉再也不回
来，那年她才三岁，她再也没有见过他，对他歌声的记
忆是她对他的唯一记忆，所以，她也不知道为什么，她
说，但现在当她听到阿斯勒演奏时就听到爸爸阿斯拉
克的嗓音，她说，然后把头靠在阿斯勒肩上然后开始哭
泣，她用双臂环住阿斯勒把自己压在他身上然后阿莉达
坐在那儿对着阿斯勒哭泣，而他不太知道该说什么，该
做什么，他的手该往哪儿放，他该拿自己怎么办，然后

他用双臂搂住阿莉达然后他把她紧紧抱住然后他们坐在那儿感觉着彼此，他们感到他们听到了同样的东西，现在他们一起飞翔，一起置身于这飞翔中，阿斯勒感到他关心阿莉达甚于关心他自己，他希望给她世界上所有的好东西

明天你一定要来船库，阿斯勒说

然后我可以在那儿给你拉琴，他说

我们可以坐在船库外的长凳上然后我给你拉琴，他说

然后阿莉达说她会来

在那之后我们可以再到这上面来，到我们的圆丘上，她说

阿斯勒和阿莉达站起来，站在那里向下看，然后他们只是看着对方然后他们握住对方的手然后他们就站在那儿

外面就是大海了，阿莉达说

能看到大海真是好极了，阿斯勒说

然后他们没有再说什么，一切都已说好了，再没有什么要说或该说的，反正一切都已经说出来了而且一切都已经说好了

　　你拉琴，我父亲唱歌，阿莉达说

　　然后阿斯勒吓了一跳醒了过来于是他看着阿莉达

　　你刚才说什么，阿斯勒说

　　阿莉达也醒了，看着阿斯勒

　　我说什么了吗，她说

　　没，你可能什么也没说，阿斯勒说

　　至少我不知道，阿莉达说

　　你冷不冷，阿斯勒说

　　有点，阿莉达说

　　没有，我觉得我什么也没说，她说

　　我听到你说了点什么关于你父亲的，但也许那只是我梦到的，阿斯勒说

　　关于我父亲的，阿莉达说

是啊我想我刚才做梦了，她说

你是在做梦，阿斯勒说

是啊，阿莉达说

那是在夏天，她说

那时天气很热，她说

然后我听到你在拉琴，你坐在船库前面的长凳上演奏听起来真是太美妙了，然后我爸爸走了过来，他唱歌，你演奏，她说

我们必须得起来出发了，阿斯勒说

我们不能坐在这儿睡，他说

你刚才也睡了吗，她说

是的，我想我打了个盹，他说

然后阿斯勒站了起来

我们一定要找个地方避一避，他说

然后阿莉达也站了起来然后他们站在那儿，阿斯勒提起行李把它们用肩扛住

我们得接着走，他说

但去哪儿，她说

这条街尽头好像有个他们所说的客栈，在街的另一边，我们应该能在那儿弄到一个房间，阿斯勒说

这条街应该就是他们说的因斯特街了，是的，他说

阿莉达提起她的网兜站在那里，阿莉达，长长的黑发全湿了，垂下来盖过胸部，而她的黑眼睛在黑暗中闪亮，还有她的大肚子，她站在那里，平静地看着阿斯勒而他弯腰拿起小提琴盒然后他们开始在这黑暗这寒冷和这雨里慢慢穿过这条街，在这深秋的季节，他们走到了街对面

那儿，就在门上，写着"客栈"，阿斯勒说

啊看看那个，阿莉达说

于是阿斯勒走过去打开门，他看着阿莉达

现在进来吧，他说

阿莉达慢慢向前走，她走过阿斯勒身边进了屋然后

阿斯勒在她身后也走了进去，他瞥见黑暗中有个男人，他坐在一张桌子旁，桌上有个台灯

欢迎，那个男人说

然后他看着他们

你有一间房给我们住吗，阿斯勒说

应该是有的，那男人说，他看向他们，他的目光落在阿莉达的肚子上

噢，谢谢你，阿斯勒说

那人还在看阿莉达的肚子

让我看看，那人说

阿莉达看向阿斯勒

住多久，那男人说

我们还不知道，阿斯勒说

看来要待上几天了，那男人说

是的，阿斯勒说

你们刚到比约格文，那男人说

他在看阿莉达

你们从哪儿来的，男人说

从杜尔基亚来，阿斯勒说

哦，从杜尔基亚来，男人说

我想你们可以在这儿租一间房，他说

因为你们看起来又湿又冷，你们不能在这么冷的夜里在街上走来走去，还下着雨，而且已经是深秋了，他说

谢谢你，阿斯勒说

然后那个男人把身子倾向他面前桌子上的那本书，然后阿莉达看向阿斯勒然后她抓住他的手臂恳求地看着阿斯勒而他一头雾水，然后她拉着他开始往外走于是阿斯勒跟着她，然后这男人从书上抬起头来说看来他们到底还是不会住在这里，但是如果他们意识到他们需要一个地方落脚，那么，他们还可以回来，他说，阿莉达打开了门，阿斯勒给她拉着门然后他们出去了，然后他们

站在街上然后阿莉达说他们不能住那儿，那家客栈，难道他没注意什么事吗，难道他没注意到那个坐在那儿的男人的眼睛，难道他没注意到那双眼睛说了什么吗，他什么都没看到，他什么都没注意到，难道只有她看到了，阿莉达说，而阿斯勒不知道她在说什么

但你太累了，又湿又冷，我得给你找个地方落脚，阿斯勒说

是的，阿莉达说

然后阿斯勒和阿莉达开始在雨中慢慢沿着因斯特街走下去然后他们到了一个广场然后他们继续往前走，然后他们走到一个角落，他们可以看到港口就在这条街尽头的开阔地那边，然后他们过了街，在那里他们可以看到码头，然后一个老太太就在他们前面走着，阿斯勒之前没有注意到她但现在他能看到她走在他们前面，她蜷着身子顶着这风这寒气和这雨，她一直走着，她到底从哪儿来的，就好像她是突然冒出来的，她一定是刚从他

们前面一条巷子里走出来的而他没看见她，事情一定是这样

我们前面那个女人，她是从哪儿来的，阿莉达说

我也在想同样的事，阿斯勒说

突然之间她就在那儿了，他说

对啊，我忽然就看见她在街上在我们前面，阿莉达说

你太累了，太累了，阿斯勒说

是的，阿莉达说

然后他们前面的老太太停了下来，她拿出一把大钥匙把它插进一把锁里然后她打开了黑暗中一幢小房子的门，她走进那扇门里然后阿斯勒说她打开的肯定是他们今天敲门问过的第一所房子，他说，而阿莉达说肯定是这样，于是阿斯勒冲过去抓住门把手把门拉开

你有房间给我们住吗，他说

老太太慢慢转向阿斯勒而水从她的围巾上淌下顺着她的脸流下来，她朝阿斯勒举起一支蜡烛

怎么又是你，老太太说

今天早些时候你已经什么都问过了，她说

你不记得我说过的话吗，她说

你记性可不好，她说

给你们一间房，她说

是的，我们需要在房子里过夜，阿斯勒说

我没有房间给你们，老太太说

我得把这话说多少次？她说

于是阿斯勒站着撑着门然后他对阿莉达点点头于是
她走过来在门口站好

所以是你们俩需要房子，老太太说

我明白了，她说

你们之前就该想到这个状况，她说

在你们落到这步田地之前，她说

我们不能整夜都在外面，阿斯勒说

不能，谁能在深秋雨中这么折腾，老太太说

现在不行，在这雨里，这么冷的天里真不行，她说

在比约格文的深秋里可不行，她说

可我们没地方去，阿莉达说

这种处境你们之前就该想到的，老太太说

但你们当时根本没有想到这一点，她说

她看向阿莉达

你当时满脑子想的都是其他的事，她说

你这样的人我这辈子见得太多了，她说

这屋子里总有你们这样的人来住，她说

我要给你们地方住，她说

我要收留你和你这没出生的杂种，她说

你们把我想成什么样的人了，她说

我难道是那样的人吗，我，她说

不，现在就滚，她说

然后老太太挥舞起她闲着的那只胳膊驱赶他们

可是，阿斯勒说

没什么可是，老太太说

她望着阿莉达

我这屋子里有过太多你这样的人，老太太说

你这样的，她说

你这样的，就只配流浪街头挨冻，没有别的下场，她说

想想你干的这些事，她说

想想你这些不过脑子的行为，她说

然后阿斯勒将一只手放在阿莉达肩上引着她走进门
厅然后关上她身后的门

不，你知道吗，老太太说

哦我竟要经历这个吗，我主耶稣，她说

阿斯勒把行李和琴盒放在门厅里然后走到老太太身
边抓住烛台从老太太手里夺过来然后站在那里举着蜡烛
照亮阿莉达

你要为此付出代价的，老太太说

放过我吧，她说

阿斯勒挡住了她的路

你进去吧，他说

然后阿斯勒打开门厅里那些门中的一扇然后用蜡烛照进房间

你进厨房里待着，他说

可阿莉达依然站在那里

去，去厨房里待着，阿斯勒说

于是阿莉达从那扇打开的门里走进去，她看到靠窗的桌上有一根没点着的蜡烛于是她走到桌边把两个网兜放在桌子上然后点燃蜡烛并在桌边的一张凳子上坐下，然后她看向那打开的门口，她看到阿斯勒站在门厅里捂住了老太太的嘴然后阿斯勒带上了门于是阿莉达在桌子下面伸开了腿，她重重地呼吸了好几次，然后她用双手围住蜡烛的火苗，它是那么暖，这温暖是那么舒服，以至于一阵突如其来的喜悦在她的胳膊和腿上蔓延开去而她的眼里涌出了泪水，她就这么坐着望着那火苗而她那么累，那么累，她那么冷，那么冷，然后阿莉达慢慢站了起来，她拿上蜡烛走到炉灶边，她看到炉灶旁边的盒子里有木柴然后她把柴火放进炉灶点燃了它，然后她站在炉子旁边，她是那么疲倦甚至不太知道自己在哪儿而且她很饿，但是他们有吃的，有很多吃的，所以她很快就能吃上东西了，然后炉子渐渐开始释放暖意，她把双臂举在炉子上方，她又一次粗重地呼吸，然后她看到靠墙有张长凳于是她走到长凳前，在长凳上有件外套和一床毛毯于是她用外套包住自己的头然后她用长凳上的毯子裹住自己，然后她躺下闭上了眼睛，然后她听到外面街上的雨声，她吹熄了蜡烛，她听到一声尖叫，就好像车轮发出的，她听到车轮在街上撞击石头的声音，她看到百叶窗打开，阳光照射了进来，大海静静躺在她面前，发出令人目眩的光，然后她看到阿斯勒走在街上，他身后拉着一辆手推车，上面有两个木桶而阿莉达把手插进站在她旁边的男孩的浓密黑发里，她弄乱了他的头发，然后她说亲爱的小西格瓦尔，然后她给那个男孩，男孩小西格瓦尔唱了一首歌，父亲阿斯拉克为她唱的一首歌，现在她给小西格瓦尔唱，为这男孩，他用黑色的大眼睛看着她，在峡湾向大海敞开怀抱的地方，她可以看到一艘载货帆船浮在那里，漂流在光亮炫目的安静的海上，因为空气中没有风，然后她是一颗闪亮的星星，消失在黑暗中，逐渐黯淡下去然后消失，然后她听到一个声音，她睁开眼睛，看到阿斯勒站在那里

你刚才睡着了吗，他说

是的，我肯定是睡着了，阿莉达说

她看到阿斯勒站在长凳旁边，他手拿一根蜡烛，在那火焰中她只看到他的黑眼睛而在他的眼睛里她看到爸爸阿斯拉克给她唱歌时的情景，那是她还是个小女孩，在他离开并永远消失之前

我们要不要吃点东西，阿斯勒说

我饿了，他说

我也饿了，阿莉达说

她起来坐在长凳边上而此刻厨房里很温暖，温暖又舒适，毛毯掀开了，她就那样坐着，她的乳房沉甸甸垂在她又大又圆的肚子上然后她看到阿斯勒脱下衣服，他坐在她旁边用手臂搂住她，然后他们躺下肩并着肩身上盖着毯子

就先休息一会儿，阿斯勒说

你真的已经好长时间没睡了，阿莉达说

是啊，他说

你一定困极了，她说

是啊，阿斯勒说

而且饿，你也饿了，阿莉达说

是啊饿极了，他说

先休息一会儿，再吃饭，他说

然后阿斯勒和阿莉达并肩躺在那里依偎着对方然后阿斯勒看到船那么平稳地一路向前航行着，在那边，已

能看到比约格文市，比约格文城市的房子，现在他们马上就要到了，现在他们终于到了，他看到阿莉达坐在船头而船向前驶去而现在一切都很好，现在他们做到了，现在他们已经成功到达了比约格文而且现在他们的生活即将开始然后他看到阿莉达站在船头，显得多么庞大，而阿斯勒感到他是为什么而生的，他本身并不那么重要，重要的是那飞翔，这是拉小提琴教会了他的事，小提琴手命中注定会明白这件事，而对他来说这个巨大的飞翔就是阿莉达

II

　　阿斯勒和阿莉达躺在长凳上，在一间厨房里，在比约格文市因斯特街上的一幢小房子里而他们睡了又睡，他们睡了又睡然后阿斯勒醒来了睁开了眼睛然后他看着房间立即明白过来他在哪儿然后他看着阿莉达躺在他身旁正张着嘴睡着然后他都想起来了，这时厨房里冷冰冰的，光线灰暗，于是他站起来点着了蜡烛然后他想起来了都想起来了然后他添了柴火点起了炉子然后爬回床上钻进了阿莉达的毯子，他紧贴阿莉达躺着听到炉子噼里啪啦地燃烧着，他还听到雨打在街道上和屋顶上，他很饿，不过他们从布罗泰特赫迪斯妈妈的食物储藏间里拿来了很多好吃的东西，然后当厨房里暖和一些时他就会起床去把那些吃的找出来，然后，今天晚些时候，他会去广场去码头找活干而那儿应该是有活干的，他将会有收入，阿斯勒看着阿莉达，现在她躺在那里好像醒了

你醒了，阿斯勒说

你在那儿吗，阿莉达说

是啊是啊我在，阿斯勒说

这很好，阿莉达说

然后他们两人都躺着眼睛看向前方

你把炉子点起来了，阿莉达说

是啊是啊，阿斯勒说

然后他们就躺在那儿静默着然后阿斯勒问他要不要去找点吃的来于是阿莉达说这样就最好了于是阿斯勒去了并拿来了吃的然后他们在床上坐了起来，他们坐在床上吃了起来然后他们下床站着，他们的衣服已经干了，于是他们穿上了衣服，然后他们打开他们从杜尔基亚的

船库带来的两捆行李

你到房子各处看了看吗？阿莉达说

没有，阿斯勒说

然后阿莉达打开离他们最近的那扇门然后阿斯勒拿着蜡烛走了进去，他们看到这儿有个小客厅，墙上挂着一些美丽的画，还有桌子和椅子，那儿有一扇门，于是阿莉达打开门而阿斯勒拿着蜡烛进来然后他们看到客厅后面有个小房间，里面有一张床，工艺精致，床上还有毯子

这真是一栋精致的小房子，阿莉达说

是啊，阿斯勒说

一栋精致的小房子，是啊，阿莉达说

然后她向前弓下了腰然后她说突然间就疼起来了，疼极了，她感到，就好像被打了一拳，突然肚子就那么疼，她说，她肚子疼得要命，她说，所以也许，也许她现在就要生了，她说，然后她惊恐地看着阿斯勒而他扶着她的肩膀把她扶到那小房间里的床上然后他把毯子铺

在她身上而阿莉达蜷起身子尖叫着扭动着然后她挣扎着

说她快要生了而阿斯勒必须找一个能过来帮忙的女人

　　帮忙，他说

　　我马上要生了，她说

　　你得去找个产婆过来，她说

　　好，阿斯勒说

　　他看到阿莉达现在安静地躺在那里，现在的她和平

常一样

　　我要生了，你一定要去找个能帮忙的人，她说

　　谁呢，阿斯勒说

　　我不知道，阿莉达说

　　但你一定能在比约格文这个大城市里找到帮我的

人，她说

　　是的，阿斯勒说

　　一个产婆，他说

　　然后阿莉达就尖叫了起来在床上扭动着拧着身子可

他能问谁呢，他在比约格文能问谁，他在这比约格文谁也不认识，在整个巨大的比约格文市谁也不认识而阿莉达躺在那里又平静下来了像她平时的样子

你一定要去找个人来，阿莉达说

然后她又尖叫起来，她拱起了身子就好像肚子在毯子下顶了上来

好，好的马上，阿斯勒说

他走出去，进了厨房，然后走到门厅，然后他走到了街上，现在外面因斯特街上已经灰蒙蒙的，天色半明半晦而雨正下着，周围一个人也不见，当然，昨天街上能看见那么多人，但现在一个人也看不到，但他一定要找到一个能帮助阿莉达的人，然后他沿着街道走下去，他可以沿着这条街走到尽头，走到下面的广场，因为他肯定能在那儿找到什么人，于是他到了这条街的尽头朝广场看过去，然后，就在他面前，他看到了他昨天看到的那个男人，拄着手杖、戴高帽子的那个人，脸上长满

胡须、穿着那件黑色长大衣的男人，他径直朝阿斯勒走来，到了他面前几米远时他看到那男人朝他走来，他一定可以去求他帮忙于是他朝那人走去并看着他

你，阿斯勒说

嗯，那男人说

你能不能，阿斯勒说

嗯，那男人说

你能不能帮帮我，阿斯勒说

我也许可以帮你，那男人说

我妻子要生了，阿斯勒说

可我不是产婆啊，那男人说

但你知道我在哪儿能找到人帮忙吗，他说

那个人只是站在那儿沉默了一会儿

是啊那边街上住着一个老太太，他说

这些事上她应该是很懂行的，他说

我们得去问问她，他说

然后这男人开始迈着缓慢的小步朝因斯特街走去，他向前慢慢地庄重地走着而他每隔一步就向前挪一挪手杖而阿斯勒在他身后隔着一小段距离走着，他看到那个男人在朝那栋小房子走去，就是阿莉达现在躺在房间里尖叫着扭动着的那一栋，然后那个男人在房子前面停下，那就是阿斯勒和阿莉达在这深秋黑夜里找到的避风躲雨的地方，然后那男人敲了敲门就站在那里等待然后他转向阿斯勒然后他说助产士小姐可能不在家然后那个男人又敲了一次门，他站在那儿等着

不，男人说

助产士小姐肯定不在家，他说

还有其他人能来吗，他说

是啊在外面斯库特湾那儿有个助产士太太，他说

嗯，他说

你去广场，一直走到码头然后继续往城外走，一直走到斯库特湾，你到那儿就可以继续打听了，那男人说

于是阿斯勒点头说了谢谢然后他转身沿着那条街走回去，然后他走到广场，他穿过广场穿过码头然后他朝城外走去，雨正下着天又冷，阿斯勒一路走着，他走到了斯库特湾向人打听，他终于问到了助产士太太的家在哪儿，于是他敲响了门然后她开门了，她说她可以跟他一起去然后他们走到了因斯特街上那幢小房子那儿

所以你妻子在助产士小姐家里，助产士太太说

假如助产士小姐不能帮忙，那我也帮不了，她说

阿斯勒打开门然后他点上蜡烛又打开客厅的门然后助产士太太走进了客厅

她躺在那小房间里，助产士太太说

然后阿斯勒点头说是的，而现在完全安静了，小房间没发出任何声音

你在这儿待着，助产士太太说

然后她拿起蜡烛打开小房间的门走了进去又关上身后的门，一切都很安静，只有平静的大海才能这么安静

而时间流逝时间又静止下来，从那小房间里几乎听不到任何声音，然后阿斯勒听到有人敲门于是他走进门厅打开门，他看到那个戴着高帽子满脸胡须拄着长手杖穿着长外套的男人就站在那儿

你在这儿啊，男人说

是，阿斯勒说

我妻子正在生孩子，他说

但是助产士小姐不在家啊，那男人说

阿斯勒不知道他该说什么

房间里面的不是她，是助产士太太，他说

这把我搞糊涂了，男人说

然后传出一声极响亮的尖叫声，就好像大地裂开，接着又来了几声尖叫，于是那男人摇了摇头然后慢慢沿着因斯特街走上去，然后阿斯勒出门沿着因斯特街往下走，他一直走到广场那儿然后沿着码头他走呀走又往回走到广场，然后阿斯勒快步走到因斯特街，走进那里的

小房子，就在那儿厨房的桌旁坐着助产士太太

是的，现在你当父亲了，她说

你有一个很可爱的儿子，她说

然后助产士太太起身走进客厅，她打开小房间的门
然后她站好看着阿斯勒

但你知道助产士小姐在哪儿吗？助产士太太说

不知道，阿斯勒说

但现在你该进那房间里了，她说

阿斯勒走进房间，在那儿阿莉达躺在床上，她的臂
弯里藏着一小撮黑发

所以现在小西格瓦尔这孩子生出来了，阿斯勒说

然后他看到阿莉达点点头

现在小西格瓦尔已经来到了这个世界，他说

阿斯勒看到小西格瓦尔眨了眨眼然后一道黝黑的明
亮的视线向他袭来

是啊小西格瓦尔，阿莉达说

于是阿斯勒站在那儿然后时间流逝又静止然后他听到助产士太太说现在她可以回斯库特湾了，既然这里已经不需要她了，而阿斯勒只是站在那里，他看向阿莉达，她躺在那里看着，她看着小西格瓦尔然后阿斯勒走过去举起小西格瓦尔把他举到空中

是啊真的，阿斯勒说

现在只有我们了，阿莉达说

你和我，阿斯勒说

还有小西格瓦尔，阿莉达说

乌拉夫的梦

他走上了那个弯道，走上那个弯道他就能看到峡湾，乌拉夫想，而现在他是乌拉夫，不是阿斯勒，现在阿莉达不再是阿莉达，而是奥斯塔，现在他们是奥斯塔和乌拉夫·维克[1]，乌拉夫想，他想今天他一定要去比约格文并在那儿把他的活干完而他已经走进了这弯道，现在他看到峡湾在闪耀，他现在才看到，因为今天峡湾正在闪耀，是的，峡湾有时的确会闪耀，当它闪耀时群山倒映在峡湾里而在这倒影之上峡湾蓝得让人惊叹，峡湾

---

[1] 维克，在挪威语中有"小海湾"之意。

的蓝色光亮几乎是难以察觉地衔接了天空的白与蓝，乌拉夫想，然后他看到路上有个人走在他前面，在他前面很远，没错，但那是谁呢，他认识这个人吗，他以前应该见过他，这大概是因为他走路的样子，佝偻着，但他确信他以前见过他吗，也不是，那为什么会有一个人在巴尔门[1]的这条路上走在他前面，因为这里向来都没有人迹，而他突然就在那儿了，那个男人，现在他就走在他前面的路上，那个人个子不大，可以说很瘦小，那个人一身黑衣，而且他走得迟缓，还有点驼，慢慢地、一步一步地走，他佝偻着走，好像边走边想着什么，也许他就是这么走路的，他头上戴着顶灰色软帽，为什么他要走这么慢呢，他肯定是走得很慢，因为不管乌拉夫走得多慢，他也离那人越来越近了，乌拉夫可不想走得慢，他只想能走多快就走多快，他要去比约格文然后在

_____

[1] 巴尔门，挪威西部韦斯特兰郡的一个小岛。

那儿做他要做的事情然后他就能尽快回家了，回到奥斯塔和小西格瓦尔身边，可是他能若无其事地就这么从那个人身边走过吗？他可以，而且他必须，乌拉夫想。即使他走得尽可能慢，他也离那个人越来越近，为什么这个男人会来这儿呢，至少自从他们来巴尔门这里住下后这里就没人来过，那么为什么这男人会在路上走在他前面，像个路障一般，他若是保持步速，以他平时的速度行进，他早就超过那男人了，而假使他以理想的速度尽可能快地走，就能更快地超过那个人了，于是他就会超过那个人，于是他就会不得不超过那个人，他就会不得不从他身边走过，然而乌拉夫不想从他身边走过，因为这样的话那男人就会看见他，而且那男人还可能和他攀谈并可能认出他来，因为也许他认识这个男人，或者以前见过他，这有可能，或者至少是那个男人认识他，就算他并不认识这个男人，这个男人也有可能认识他，也许这个男人就是为了他才来到这里的，也许这个男人正是为了找他才走在这条路上，他从某个地方来，之前他一直在那儿寻找他，他正在去往某处，他去那儿还是为了寻找他，感觉就是这样，乌拉夫突然就觉得是这么回事，那男人在找的就是他，而为什么，为什么那人要找他，那究竟会是怎么回事，为什么这个人走得这么慢，乌拉夫想，于是他走得甚至更慢了一点然后他朝峡湾看去，他看到峡湾耀眼无比而且很蓝，而为什么当他终于看见峡湾在闪耀的时候一个男人走在了他的前面，一个黑黢黢的男人，一个矮小的男人，一个佝偻着的男人，一个戴灰色软帽的男人，而这男人想要怎么样，那几乎不可能是什么好事，但也可能不是这样，因为那男人当然不想对他做什么，这个男人为什么现在来这儿找他呢，他为什么要那样想呢，他在想什么呢，乌拉夫想，要是那男人不转身看他就好了，因为他根本不想让那男人注意到他，但是那男人走得太慢于是他也得慢慢走，然后那男人停下来了，于是乌拉夫也停下来了，可是他不能就这么站着，他正在去比约格文的路上，他想尽可能快地走到比约格文在那儿办好他要办的事然后就回来，所以他不能这样干站着看着前方路上的一个男人，与其这样站着他宁可抬起腿来就跑，也许他应该跑起来飞快地从那个男人身边跑过去，而假如那人朝他大喊，他也不会回答，他只要拼命甩开了腿跑，超过，超过那男人，因为他真受不了就这么干站着，受不了这么缓慢地走下去，他自己是从来不会这么走的，他从来就是径直向前走，假如不是大步狂奔的话，因为他有时候也会，是的，他会狂奔，不过也不是那么经常，不，这样不行，乌拉夫想，然后他开始像往常一样走路，稳稳地，他离那男人越来越近而当他走到那男人身边时，当他站到和他肩并肩的位置时，那男人望向他而他看到那是个老人，然后那老人停了下来

天哪真是这家伙，老人说

于是他的呼吸急促起来

所以这家伙在这儿，他说

于是乌拉夫径自往前走，因为这老人身上有些东西令他觉得熟悉，但以前在哪儿见过他呢，是在杜尔基亚，在比约格文？至少在巴尔门他从来没见过他，这是可以肯定的，因为这里从来就没有什么人，至少今天之前他从来没在这儿见过什么人

就是这家伙啊，老人说

于是乌拉夫继续往前走头也不回，因为看起来这老人认出了他

你不记得我了吗，老人说

你，阿斯勒，老人说

我要和你谈谈，他说

我有事要问你，他说

可以说我是因为你才来这儿的，他说

我，你认出我了，不是吗，他说

阿斯勒，等一等，他说

站住阿斯勒，他说

你一定记得我，他说

你不记得我们上一次见面了吗，他说

你一定记得我，他说

哈，你记得，他说

现在就停下和我说说话，我就是为了找你才来这里的，他说

我走了很远的路来找你，是啊，找你们，老实说就是这样，他说

我听人说你们住在这边某个地方，而且我已经找到了你们住的那栋房子，他说

阿斯勒，阿斯勒，现在就站住吧，他说

然后乌拉夫绞尽脑汁想这老人是谁，为什么他叫自己阿斯勒，他来找阿斯勒说些什么，乌拉夫拼尽全力快步走开而且他想他现在必须赶紧甩掉这老人，他到底想要什么，但是不，他不想跑，他这么走着就好，而且他

要尽可能快地走，因为那老人走得那么慢，缓缓地，一步一步地，他说他来这儿因为他想找到他，找到他们，乌拉夫想，既然他这么说，那么可能真是这样，或者他也许只是为了吓唬他才这么说，也许他说这些是为了控制住他，而且他怎么知道他叫什么名字呢，他想，但是老人如此瘦小如此佝偻，所以如果有必要的话他总能对付他的，乌拉夫想

这家伙这么匆匆忙忙的可真糟糕啊，老人说

等等，他说

他几乎是在乌拉夫身后喊出来的，而且他的声音很细，他叫喊时嗓子里就像住着个女人而乌拉夫只是继续往前走，他想着不，还是不要回答了，他不会回答的，他想

是的，我必须这么说，老人说

可是他不会转身的，乌拉夫想，因为现在他已经远远走在老人前面，而现在，现在他像平时一样走路，稳

步前进，他稳步前进，他会继续向前走，他想，然后他

转过头去，就一会儿，就一眼

　　这家伙这么匆匆忙忙的可真糟糕啊，老人说

　　等等，等等，他说

　　你不记得我了吗，他说

　　你想不起来了，他说

　　哈，你可能真想不起来了，他说

　　你肯定应该记得我，他说

　　站住，他说

　　站住阿斯勒，他说

　　他扯起嗓子大声说，用那可怕的女人一般尖细而嘎
吱作响的嗓音说，几乎是喊出来的，而乌拉夫站住了然
后他转身朝向那老人

　　你别多事，你，乌拉夫说

　　不，不，老人说

　　但你没认出我来，老人说

没有，乌拉夫说

你没认出来，你对我来说是个好人，老人说

而就在这时乌拉夫感到他内心有什么沉了下去于是他挣脱了束缚转身离开了老人而现在，乌拉夫想，事情又不对劲了，他想，事情总是这样，为什么他要说那句话呢，就是让老人别多事那句，为什么他老要说这样的话呢，他是怎么回事，为什么他就不能有话直说，原原本本地说，为什么他会这样，乌拉夫想，然后他突然感到有些异样，他看到什么异样的东西，也许，或者他听到了什么异样的东西，也许，无论到底是什么变得异样，还有那个老人会是谁呢，乌拉夫想，他转身去看老人哪儿去了，他刚才还在，他和他说过话，他刚才还看见了他，不是吗，是的，是的，他当然看见了，但他现在在哪儿呢，他不可能凭空消失，乌拉夫想，然后他接着走，他接着走是因为现在他要去比约格文在那儿他要办好他的事然后他就要回家回到奥斯塔和小西格瓦尔身旁，然后，当他再回家时，他们的手指就会戴上一枚戒指，然后，就算他们没有结婚，至少他们看上去就像夫妇了，因为他手里还有卖掉小提琴换的钱而且他们准备去给他们俩买戒指，这钱就是预备好用在这上面的，是的，现在，在眼下这个美好的日子，在峡湾蓝得如此耀眼的一天，他要走去比约格文然后在那儿买戒指然后他就走回家回到奥斯塔和小西格瓦尔身边然后他就再也不会离开他们，乌拉夫想，而且他脑子里什么也不想，只想着奥斯塔，只想着他要戴在她手指上的那枚戒指，他大步走着，奥斯塔，那枚戒指，这就是他行走时所想的一切，然后他走到了比约格文，他沿着一条街走下去，一条他以前从来没去过的街，而就在那儿，就在他正前方，他看到街道的尽头是一扇门，门就在他面前几米远，然后他走到这扇门前，棕色的、沉重的门，就是这儿了，他推开门就走进一条昏暗的过道，那些棕色原木沉甸甸地摞在这里然后他听到很多声音，他看到门厅尽头有光，而且他听到了声音，许多声音从嘴里冒出来说个不停所以汇成一种很高的刺耳声音然后他走进门厅走进那光亮里然后他看到很多张脸一半被点着的蜡烛照亮一半被烟雾笼罩然后他看到很多眼睛、牙齿、礼帽和软帽而他们坐在桌旁，所有那些礼帽和软帽紧紧挨着，突然爆发的笑声在四壁之间蔓延开来还有几个人站在一个柜台前面，他们中的一个转过身来直勾勾盯着他，乌拉夫悄悄从几张桌子边挤过去，接着他们在他面前站成了一排所以他就只能站着，前面没路了，而现在他身后也有好几个人了，所以他只能站那儿，假如他想去柜台那边给自己买上一大杯酒他就得有耐心，他想，但这肯定没问题的，他想，因为在这儿待着倒也不错，这里有灯光和笑声，乌拉夫想，他站在那儿，没人注意到他站在那里，所有人都忙着自己的事，向这个人或那个人喋喋不休，所有这些声音形成一片嘈杂，一个声音和另一个声音混在一起无法区分，一张脸和另一张脸混在一起无法区分，所有这些声音听起来就像同一个刺耳的声音，所有的脸都像同一张脸，然后其中一个人转过身来，那人戴着灰色软帽，他手里拿着一个啤酒杯，这就是今天早些时候在巴尔门走在他前面的那个人，现在他又在那儿，那老人，然后他朝乌拉夫走来，直视着他的脸

原来是你啊，老人说

我比你先到，我，他说

我比你更熟悉这条路，他说

我抄了一条短一点的道，他说

哈，他说

你走得挺快的，他说

但我到得比你早，他说

而且我，我知道在哪儿能找到你，你明白了吧，他说

我当然知道你会来酒馆，我都明白，他说

你骗不了我，他说

要骗过一个老人可不容易，他说

我了解你这种人，他说

然后那老人把啤酒杯举到嘴边喝酒然后他擦了擦嘴

所以现在就这样了，他说

然后乌拉夫看到他面前空出来一小块地方于是他继续往前走然后他感觉背后被拍了一下

所以现在你该来一杯了，老人说

而乌拉夫觉得他不该回答，一个字都不该说

这个酒你肯定得喝，老人说

你需要这个，他说

然后乌拉夫前面另一个人转过身来然后他拿着啤酒杯紧贴着胸口然后他向乌拉夫那边稍微挪了一步然后停了下来手里拿大杯站在那儿然后他把杯子举到嘴边而乌拉夫就在这当口从他身边挤了过去离柜台更近了一点

我们回头聊，那老人说

他就站在乌拉夫身后

我等你，他说

给你自己买上一杯，然后我们再聊，他说

我就在这酒馆里待着，他说

而乌拉夫直视着前方，现在他和柜台之间只隔着一个人，但在柜台周围的凳子上人们肩并肩坐着，那个站在乌拉夫前面的人正试图往坐在那里的两人中间挤，那两人中的一个抓住想挤到柜台前的那人肩膀把他向后推，而想去柜台的那人抓住坐着的那人肩膀，他们就站在那儿揪着对方然后他们对彼此说了点什么但乌拉夫听不到他们说了什么然后他们松开了手然后坐着的那人向旁边挪了挪而那个想去柜台前的人就挤了过去，现在就该轮到乌拉夫了，他想，这里的人可真忙啊，他想，现在他马上也能拿到一杯了，在柜台前的那人转过身来，他转身时酒杯差不多撞到乌拉夫胸前然后他把酒杯让到一边给乌拉夫腾出空间然后他扬着胳膊挤出去了，乌拉夫挤到了柜台旁边然后他站在那儿看着那些酒保中的一个然后乌拉夫向他挥手而那个酒保朝乌拉夫举起一个杯子然后他把那酒杯放在乌拉夫面前然后乌拉夫拿出一张钞票递给那个酒保然后乌拉夫拿回了硬币然后他举起酒杯然后他手里拿着酒杯转过身去，现在他身后站着三四个人排成一排然后他朝旁边挪了一点，站在那儿把酒杯举到了嘴边

干杯，有人说

然后乌拉夫抬起头，他看到那老人把他的杯子碰在他的杯子上

你身上没有多少力气了，老人说

但是，一旦你喝了点酒，力气可能就回来了，他说

我可以等，他说

你是谁啊，另一个人说

然后乌拉夫朝旁边看了看，抬头看到了一张须发几乎全白的长脸，尽管站着的那人可能并不比乌拉夫年长

你问我吗，乌拉夫说

是啊，另外那个人说

你是刚来的，另外那个人说

乌拉夫看着他

是啊，我只是路过比约格文，乌拉夫说

我也是，另外那个人说

你以前来过这儿吗？乌拉夫说

没有，没，这是第一次，另外那个人说

我是从北边来的，他说

我昨天才到这儿，比约格文，是啊再找不到比它更
大更好的城市了，他说

你开船过来的，乌拉夫说

是啊开着我的小快艇埃利萨，装得满满的，他说

装满了最好最干的鱼，他说

而且鱼卖的价钱很好，是的，我们赚了不少，他说

那边那个商人真不错，他说

然后现在你们要在比约格文待上几天，乌拉夫说

然后我就回家了，另外那个人说

然后他把手伸进口袋拿出了一只手镯，那是用最澄黄的金子和最湛蓝的蓝珍珠做的，乌拉夫见过的最好的东西

这是给她的，他说

他在乌拉夫面前举起了手镯

家里的那个她，我订婚的那姑娘，他说

天哪，这太漂亮了，乌拉夫说

于是他想他也应该去买一件这样的东西给奥斯塔，是的，他想

她叫尼尔玛，另外那个人说

想想这样一个镯子戴在奥斯塔胳膊上会多好看吧，乌拉夫想

她和我订婚了，是的，尼尔玛和我，他说

哦现在，是啊，我挣的每一分钱都用来给她买这个镯子了，他说

而乌拉夫眼前的画面如此清晰，就好像他亲眼看到一样，他把这个镯子推上了奥斯塔的手臂，他一定得弄到一件这样的东西，是啊他当然是来比约格文买戒指的，因为这样他和奥斯塔看起来就会像是结了婚的夫妇了，可是，戒指和这样的镯子比起来又算什么呢，手镯，没错，没错，他要带一个这样的镯子回家给奥斯塔，乌拉夫想，另外那个人把手镯放回口袋里然后向他伸出一只手

奥斯高于特，他说

我叫奥斯高于特，他说

我呢，我叫乌拉夫，乌拉夫说

你也不是比约格文本地人吧，这我听出来了，奥斯高于特说

不是的，不是，乌拉夫说

我来自比这里北得多的地方，他说

那么是哪儿呢，奥斯高于特说

那个地方叫维克，乌拉夫说

所以你是从维克来的，奥斯高于特说

是啊，乌拉夫说

但这样的东西在哪儿能买到呢，他说

你说那手镯，奥斯高于特说

对，乌拉夫说

我的这个是在码头上一家商店里买的，那儿有各种各样的东西，是的，多得超出你的想象，我根本没想到世上会有这么多了不得的东西，真的，奥斯高于特说

你也想买个镯子吗？他说

是，是啊我想，乌拉夫说

不过那很贵，奥斯高于特说

而且很好看，乌拉夫说

的确好看，奥斯高于特说

于是乌拉夫想现在他还是先把酒喝完然后就出门去码头那家商店，因为这样的镯子必须得给奥斯塔买一

个，这是肯定的，他想

像这样的镯子，那里还有吗？他说

还有一个，我想，奥斯高于特说

然后乌拉夫把酒杯举到唇边喝酒然后放下了杯子，他看到那老人的脸就在他面前，那眨巴着的眼睛，那薄薄的嘴唇

你说是从维克来的，是吗，老人说

我，我要说出来你是从哪儿来的，他说

我是从维克来的，乌拉夫说

既然你阿斯勒不愿意说你是哪儿来的，那我来说，老人说

我不是阿斯勒，乌拉夫说

所以你不是他，老人说

不是，乌拉夫说

我知道，我，我知道他叫什么还有他从哪儿来，因为他跟我说过，奥斯高于特说

我知道他叫乌拉夫，我知道，他说

还有他是从维克来的，他说

所以他是从那儿来的呀，老人说

没错，是的他都知道，我已经告诉他了，乌拉夫说

说说你是从哪儿来的，老人说

乌拉夫没回答

你是从杜尔基亚来的，老人说

我是莫斯岛的人，奥斯高于特说

北边的莫斯岛，他说

总得有莫斯岛来的人吧，总之从北边来的，总不至
于所有人都是比约格文本地的，如果这样的话就没人送
鱼来了，最上等的干鱼，他说

没错就是他，他是从杜尔基亚来的，老人说

他叫阿斯勒，他是杜尔基亚人，他说

然后他们就只是站在那儿一言不发

反正，干杯吧，奥斯高于特说

然后他举起了酒杯

那老人也把他的酒杯举到胸前然后向乌拉夫眨了

眨眼

干杯，乌拉夫说

然后他把他的酒杯举向奥斯高于特的杯子然后两人

碰杯

你不想和我干杯吗，老人说

你不想，不想，随你的便吧，他说

然后他们都把酒杯举到嘴边喝了酒

是杜尔基亚，老人说

那儿有个人被杀了，是不是，然后他说

你说是就是吧，乌拉夫说

不我可不知道这事，他说

是谁，他说

已经确定是一个渔夫，住在船库里的一个人，老

人说

然后，他说

是的，然后人们还发现一个老太太也死了，在那之后她女儿就消失了，他说

他看了看乌拉夫

在那个被杀掉的人来到船库之前，是一个叫阿斯勒的人住在船库里，老人说

在那个渔夫到来之前，是你住在那里，他说

然后乌拉夫看到那老人满意地喝光了杯中的酒

而且很奇怪的是，是的，差不多同一段时间，比约格文这儿的一个老太太也失踪了，而且再也找不到了，她是个助产士，老人说

我的一个熟人，他说

然后他擦了擦嘴并转向柜台而乌拉夫站在那儿低头看着酒杯然后他听到奥斯高于特问他是不是离家很久了

是的，好几年了，乌拉夫说

是的，很容易变成这样，奥斯高于特说

你离开了家门，然后可能要过好多年才能回家，他说

假如没有尼尔玛的话，我现在可能就在比约格文待下来了，一个这么大这么了不起的城市，他说

然后奥斯高于特又拿出那个镯子，最澄黄的金子，最湛蓝的蓝珍珠，他站着把它拿在自己和乌拉夫之间举起来然后两人都看着它

你也该买一件这样的东西，奥斯高于特说

我肯定会的，乌拉夫说

如果你有钱，你一定得买，奥斯高于特说

是啊，乌拉夫说

然后他看到杯子里的酒已经不多了于是他把它举到嘴边喝了个干净然后那老人就站在他面前手里端着满满一杯酒

所以你不会回家了，老人说

家，乌拉夫说

是啊回杜尔基亚，老人说

我不是杜尔基亚人，乌拉夫说

你在那儿也没亲戚，老人说

没有，乌拉夫说

好吧，老人说

是啊，在杜尔基亚，那儿有个人被杀了，他说

然后老人又把酒杯举到嘴边喝了起来

谁杀了他，乌拉夫说

谁知道呢，老人说

他眯缝着眼看着乌拉夫

那会是谁呢，他说

你不会知道点什么吧，你说呢，他说

乌拉夫没回答

但他们还没有抓到他，那个凶手，乌拉夫说

没，没有，据我所知没有，老人说

他们还没有找到他，没有，他说

这听起来太可怕了，乌拉夫说

的确，一桩极其可怕的事，老人说

然后他们站在那里什么也不说，乌拉夫看到杯子里没多少酒了，他想现在他要慢点喝了，但他为什么要这么做，他想，为什么他要来酒馆呢，这里的一切都和他没关系，为什么要站在这一片嘈杂中呢，然后还有那老人，他马上又要开口说话了，所以现在他把酒喝光然后离开这儿就好了，因为现在他要直接去码头的那个商店给奥斯塔买手镯，戒指以后再说，他想，好吧，好吧，他现在就去，但是他的钱够吗，他想，不，不，他敢确定钱是不够的，那他怎么能把那个镯子弄到手呢，然后他听到那老人说你啊，是啊你阿斯勒，当然我完全能理解你不想回杜尔基亚，他说

我不叫阿斯勒，乌拉夫说

然后他听到老人说不，不他当然不是，他当然不叫阿斯勒，他说

不，我叫乌拉夫，乌拉夫说

所以你叫乌拉夫呀，老人说

乌拉夫，对，乌拉夫说

是啊乌拉夫也是我的名字，老人说

我才是乌拉夫，不是你，他说

然后他笑了起来对乌拉夫举起酒杯

我，他说

嗯，乌拉夫说

我，我有亲戚住在杜尔基亚，我真的有，他说

嗯，乌拉夫说

我就生在那儿，他说

嗯，乌拉夫说

就在一个小农场里，是啊，那个农场特别偏僻，
他说

嗯，乌拉夫说

然后我后来回去过几次，不过也不算经常，他说

不是那么经常，他说

我现在主要待在比约格文了，他说

但是，是啊，我上次回去时，我听说了那桩不知是谁犯下的可怕罪行，他说

他久久地看着乌拉夫然后老人把头从一边摇向另一边，摇了很多次，于是乌拉夫认为他现在必须离开这儿，天知道他为什么会在这家酒馆里，现在他要去码头上的那家商店给奥斯塔买一个手镯，那是用最澄黄的黄金和最湛蓝的蓝珍珠做的，乌拉夫想，然后他听到老人说他知道自己眼下就站着和一个凶手在交谈，但他不会说给其他人听，不会，他怎么会希望阿斯勒落网呢，不，一点也不，他怎么会这样呢，他说，不不，不要这么想，因为不管怎样，他什么都不会说的，假如乌拉夫愿意给他一张还是两张或者三张钞票，或者就请他喝一杯酒，他就不会说出去的，他说

但那当然不是你干的，他说

这很清楚，他说

我，乌拉夫说

据说是凶手的那个，是的，他应该是叫阿斯勒，老人说

杜尔基亚的人都这么说，他说

是啊我上次去那里的时候，他们都是这么说的，他说

不管怎么样，话就是这么说的，他说

是啊，这就是我上次去杜尔基亚听到的，他说

然后乌拉夫仰头喝光他的酒

我就是杜尔基亚人，真的，老人说

我从杜尔基亚一个小农场来，真的，就是一些圆石头中间的一点沼泽地，他说

但是还有湖、峡湾和大海和鱼，是的，他说

不过我长大的地方已经没人住了，他说

终归到了这步田地，他说

因为那些大圆石头和沼泽地长不出什么东西，长不

出来，他说

人在那儿是活不下去的，他说

大家都得走，他说

就像你和我一样，他说

然后乌拉夫环顾四周但是看不到他能把空杯子放在哪儿，因为他不能待在这儿，天知道他为什么走到这里，到这家酒馆来，这里如此拥挤，而且他为什么要站在这儿听这老人说话呢，而现在他就站在那儿奇怪地打量着他，那个老人到底想要什么，不，他不能在这里待下去了，当然不能，乌拉夫想

我可以请你喝一杯吗？老人说

不了谢谢，我得上路了，乌拉夫说

但是你啊，真的，也许你能请我喝一杯，那老人说

然后乌拉夫看着他

我现在手头有点紧呢，老人说

当然，现在向你提这个要求不大好，他说

我都觉得有点丢人了，真的，他说

我真这么觉得，他说

我真觉得丢人，但是我也挺想喝酒的，是啊，我没法否认这一点，他说

而乌拉夫没有回答

你不想请我，老人说

不，你自己也没有太多钱来买，他说

这年头有钱的人也不太多，他说

几乎没有，他说

可是每个人都在不停地买东西，不停地花钱，一杯又一杯，他说

我觉得我该走了，乌拉夫说

然后他听到奥斯高于特说你要走了吗然后乌拉夫说是啊他得走了，现在他要去买一只最金灿灿的手镯上面镶着最蓝的蓝珍珠，他说，然后奥斯高于特问他知道码头上卖这种手镯的那家店在哪儿吗然后乌拉夫说不他不

知道然后奥斯高于特说如果他愿意的话他可以把那家店指给他看，因为反正现在酒馆里的人都在离开，一个接一个地走出去，他说，而乌拉夫看看身边的人他看到他们一个接一个地走出酒馆，而他自己也要走了，和他们一样，他想

人越来越少了，乌拉夫说

是的，的确是这样，老人说

大家肯定都要走了，他说

他们都要走了，乌拉夫说

真奇怪，奥斯高于特说

忽然大家就都要走了，他说

是啊，乌拉夫说

人都走了，老人说

然后乌拉夫迈步朝门口走去然后一只手伸过来抓住了他的肩膀，他转过身视线直接撞上那老人的脸，那脸上有一双湿湿的发红的小眼睛，他看到那窄窄的潮乎乎

的嘴唇颤抖着张开了

你是阿斯勒，他说

然后乌拉夫感到老人抓住他肩膀的位置很冷于是他扭动身体从那只试图抓住他后来又松开了的手里挣脱出来，然后他走向门口，他听到老人在他身后说你就是阿斯勒，你就是阿斯勒，但是他才不会回答，他埋头往外走然后他打开门走了出去然后就站在酒馆外的街上然后，他想，他马上要走到码头去，那条路他认识，他对比约格文还是有几分熟悉的，因为他来这附近已经很多次了，就算不能说对这里特别熟，他毕竟是在比约格文住过的，不是每个今晚在比约格文的人都在这儿住过，他想，绝对不是，他想，肯定有很多人是第一次来这儿，像奥斯高于特这样，他想，但是他，他在这儿住过，所以他肯定能找到去码头上那个商店的路，那里有最上等的手镯，戒指的事以后再说，假如奥斯塔的胳膊上戴上这样的手镯该多好看啊，乌拉夫想，然后他飞快

地朝港口和码头走去然后他听到背后有人在喊等等然后他转过身来看见一个有长长金发的姑娘快步穿过街道向他走来

哎那人是你啊，姑娘说

等等，她说

你刚在找我吗，我看见了，她说

我找过你吗，乌拉夫说

是啊你刚在找我，她说

又见到你太开心了，她说

我们认识吗，乌拉夫说

你不记得我了吗，她说

我应该记得你吗，乌拉夫说

哦，是啊，你不记得我了，她说

不记得，他说

你到过我家门口的，她说

姑娘笑起来从侧面推了他一下

是吗，乌拉夫说

是的，她说

我不记得了，他说

那是你不愿意想起来，她说

她又从侧面撞了他一下然后把自己的胳膊伸到他胳膊下面

但那时候，那时候我们也没法好好聊天，她说

不，他说

为什么不呢，她说

然后乌拉夫开始顺着街道往下走，她紧紧抓住他的胳膊跟着他

因为那时你不是一个人啊，她说

因为那时你正拖着一个可怜虫到处走呢，她说

一个又矮又黑的，她说

一个大老远就能看出是什么货色的，她说

那种爬满了比约格文的家伙中的一个，她说

我都不知道他们都是从哪儿来的，她说

一个还没走呢，就有两个新的来了，她说

然后她往他的肩膀上一靠

但你能把她给甩了你肯定有办法，她说

这一点，我现在可清楚了，她说

假如说我还懂点什么的话，就是这个，她说

我不认识你，乌拉夫说

那么现在，现在你一个人了，她说

然后姑娘把头靠在他肩膀上

我不认识你，乌拉夫说

如果你愿意的话，你可以开始认识我了，那姑娘说

你住哪儿，她说

我没地方住，他说

那我知道一个地方，她说

要钱的，嗯我知道你有，她说

然后他们继续往前走，她把头贴在他肩上

我没什么钱，他说

可是一张钞票，或者两张，好吧，她说

她猛地扯了一下他的胳膊然后拉着他走进了两栋房子之间，那儿空间窄到几乎容不下两个人并肩行走，她抓着他的手然后她走了进去，走进那条小巷深处，那里真是一片漆黑，然后她停了下来

这儿，她说

然后她站在他面前用双臂搂住他的背然后她把乳房贴在他胸前用乳房摩擦着他的胸膛

你可以摸它们啊，她说

然后她亲他的脸颊还用舌头舔着他的皮肤

我得走了，乌拉夫说

哦，她说

她放开了他

我还有地方要去，他说

然后他抬脚走出那条小巷

唉好吧，她说

真是个白痴，她说

比约格文最大的白痴，她说

然后她也开始走出那小巷

你不能一开始就对我说吗？她说

为什么要等到我们进了那个巷子，她说

然后他们就来到了街上

比约格文最大的白痴，那就是你，她说

而乌拉夫认为他得问她一件事，他得和她说点什么，这个或者那个，他想

你知道高街在哪儿吗？他说

知道啊，她说

就在那边，她说

你走过去，往上面看，她说

然后她往那边指了指

不过其实你自己也找得到，她说

然后乌拉夫看到姑娘转身顺着那条街走回去然后他想着高街，是的，它应该就在那边，是的，那边，他甚至还在那儿住过呢，他真的住过，他和奥斯塔还有西格瓦尔曾经在那儿住过，他想，他们在高街上那栋小房子里住过而现在他离那里这么近所以他可以走过去看看那房子，回去看一眼还是挺不错的，乌拉夫想，然后他走过了那条街然后他就到了高街开始的地方，然后他沿着高街走上去而就在那儿，就在那边，那儿的确有一座小房子而他和奥斯塔就曾在那里住过而小西格瓦尔就出生在那里然后他停下来然后他眼前浮现出自己站在高街这房子门前的样子，当时他带着两捆行李也就是他们全部家当，那就是他上一次在这里时的模样，乌拉夫想，然后他看到自己站在那里然后他看到阿莉达走出门把小西格瓦尔抱在胸前，那小家伙在毯子里裹得好好的，然后阿莉达在高街这房子外面站好然后她看着房子

　　可是我们必须走吗，她说

我们在这里真是过了段好日子，她说

再没有哪个地方比这里更让我舒心了，她说

我们不能就留在这儿吗？她说

我想我们必须走了，阿斯勒说

我们一定要和这座房子说再见吗，阿莉达说

是啊，我觉得我们必须走了，阿斯勒说

我在这儿真的很开心，阿莉达说

真不希望我们离开这房子，她说

但我们必须这么做，乌拉夫说

我们不能在这房子里再住下去了，他说

你真的完全确定这一点吗？阿莉达说

是，他说

但是为什么啊，她说

不为什么，他说

这本来也不是我们的房子，他说

但反正也没有其他人住这儿啊，阿莉达说

住这里的那女人随时可能回来，显然，阿斯勒说

已经过去那么久了，阿莉达说

但总会有人来，他说

也不一定，她说

但这毕竟是她的房子，他说

可是假如她再也不回来呢，阿莉达说

她肯定会回来的，或者其他人，不是这个人就是那个人，然后我们就不能在这里待下去了，阿斯勒说

可是过了这么久也没有人来啊，她说

是的，他说

那么，这样的话我想我们干脆就在这儿待下去吧，她说

不，他说

很显然这不是我们的房子，他说

可是，她说

现在我们得走了，他说

没错，我们已经说过很多次了，他说

是啊，她说

现在我们走吧，阿斯勒说

然后他拎起了他们的全部家当，那两捆行李，然后他们沿着这条街走下去，他带路，而阿莉达胸前抱着小西格瓦尔紧跟在他后面

等等，阿莉达说

阿斯勒站住了

我们要去哪儿呢，她说

他没回答

我们要去哪里，她说

我们不能在比约格文再待下去了，他说

难道我们在这儿过得不好吗？她说

但是我们不能在这儿待下去了，他说

为什么不呢，她说

我想有人已经出动打算抓我们了，他说

有人已经出动打算抓我们，她说

他们肯定已经开始行动了，他说

你怎么知道，她说

我知道就是知道，他说

然后他说他们要尽快逃离比约格文，一旦他们出了比约格文，他们就可以放松点了，那时他们就可以放慢脚步，因为现在是夏天了，天也暖和了，一路会很舒服的，况且他手上还有卖小提琴换的一点钱，所以他们也有点底气不算完全无助，他说，而阿莉达说他不该卖掉小提琴，因为他坐下来拉琴听起来真美而他说他们需要这笔钱再说了他不想像他父亲那样，他不想出门在外离开她和孩子把他们留在家里，他想和他的自己人在一起而不是和其他人在一起，其他任何人，这对谁都没好处，有好处的是和自己人在一起，也许他生下来就拥有小提琴手的命运，但这种命运正是他要对抗的，这也是为什么现在他要卖琴，现在他再也不是小提琴手了，现在他是这个家的父亲是她的丈夫，就算不是法律意义上的，也是事实上的，他说，就是这样，然后，这样的话，小提琴就没有用了，只要他们好好用这笔钱，卖掉小提琴就没什么不好，既然现在琴也卖掉了，这件事也没什么好再说的了，木已成舟，无论是小提琴还是其他的事，阿斯勒说，然后他说他们不能就站在这里磨嘴皮子，现在她必须跟上来，现在他们必须走了然后阿莉达说他卖掉小提琴肯定是对的，但他拉得那么美，那么美，她说，而他没答话然后他们开始沿着街走下去然后他们继续走然后到了码头然后他们沿着码头边上走，一言不发，然后他们走啊走然后乌拉夫停下来站着，他想他不能像现在这样站着，他要去码头上那家商店然后用卖小提琴换的钱去买一个你所能想到的最美的手镯给奥斯塔，乌拉夫想，然后他抬脚朝码头走去然后他看见自己在码头上越走越远而就在他身后跟着阿莉达她怀里抱着小西格瓦尔而他们什么也不说然后房子之间的距离逐渐变得更宽了，过了一会儿房子和房子之间就离得很远了而且天气正好不太热也不太冷，走在这样的天气里真舒服，即使他背着挺沉的东西他也没觉得沉，而女人阿莉达就走在他身后，小西格瓦尔抵着她胸口，然后有时阳光明媚有时云朵蔽日而他不知道他们要去哪儿，阿莉达也不知道，不过他们身上带着吃的，衣服他们也有，还有其他一些可能会用得着的东西

我们要去哪儿呢，阿莉达说

不知道，阿斯勒说

我们能走到哪儿就是哪儿吧，她说

路把我们带到哪儿就去哪儿，他说

我有点累了，她说

那我们得休息一下了，他说

然后他们停下来站着环顾四周

就在那里，那块山岩那里，我们可以在那儿休息，她说

可以啊，他说

然后他们走过去在山岩上坐下然后他们坐在那儿看着峡湾，峡湾死寂，一点波纹都没有，峡湾蓝得耀眼，然后阿斯勒说今天峡湾在闪耀，这倒不常见，他说，然后他们看到一条鱼跳了起来然后他说那可能是条鲑鱼，还挺大的，他说，然后阿莉达说这儿就是他们该住下来的地方然后他说他们可能不能在离比约格文这么近的地方住下来，她说为什么不能呢而他说就是不能，有人可能会来找他们然后她说那又会怎样呢然后他说她还记得他们怎么到达比约格文的吗，她说坐船来的，他说是的，然后阿莉达说她饿了然后阿斯勒说他们带着一整条风干羊腿，一刀没动一片肉都不少，所以他们是不会挨饿的，他早就想到了，他说，而阿莉达问那个干羊腿是不是他买来的，而他说他本来不一定要买的，但是那肉看起来干干的很好吃，他说，而那边听起来像有条小溪，阿莉达说，所以他们在吃咸肉的时候也不会受渴了，她说，他把风干羊腿拿出来然后单手把它举在空中挥舞着旋转了几下然后她就笑起来了，她说他不可以这样，你不该玩食物，她说，而阿斯勒说现在她听起来活像她妈而她说天哪，那可不行，但是我真有点和她一样了，我现在也是妈妈了所以我真有可能以后就变得像我妈了

别这么说，他说

我刚才说的，可能就是从我妈那儿学来的，她说

我也是从我妈那儿学来的，他说

然后她把裹着小西格瓦尔的包袱从身上解下来然后她坐了下来，阿斯勒也坐了下来，然后他拿出刀先割到干羊腿上靠骨头的位置再往回削然后他手上就有了厚厚的一片然后他把这片肉递给阿莉达于是她开始嚼这片肉，她嚼着说哎呀这真不错，干干的真好吃还不太咸，她说，然后他给自己也削了一片然后尝了尝然后他说这真美味，没得挑，这太好吃了，肉的味道不可能更好了，他说，然后阿莉达打开了装着薄面饼的匣子和装着黄油的双耳

木罐然后她把黄油厚厚涂在几块薄面饼上而他又削下许多的干肉然后他们就坐在那儿吃起来什么也不说

我去打点水，阿斯勒说

他拿上一只木头杯子，听到溪水流淌就朝那声音的方向走去，然后他看到新鲜清澈的水奔涌着流了下来，这条小溪从高处山上流下来，流入峡湾，他用杯子装满这冰凉清澈的水然后回到阿莉达身边，把杯子递给她，她连喝了好几口然后把杯子递回给他而他也连喝几口然后阿莉达说，她真高兴能遇到他而他说，遇到她他很高兴

我们三个，阿莉达说

你和我还有小西格瓦尔，阿斯勒说

是啊我们三个，他说

然后乌拉夫沿着码头走下去，现在他必须直接去那家商店，那里有世上最好的手镯，他一定要找到那家商店，也许他也可以去问问路，因为肯定有人能告诉他那家商店在哪儿，然后，就在码头上，他看到奥斯高于特

站在他前方对他微笑

你找不到那家商店，奥斯高于特说

我想到了，想到你找不到那家商店的，找到那家商店可没那么容易，但我可以帮你，他说

是找不到，乌拉夫说

这家商店很难找的，奥斯高于特说

不过现在，现在我来帮你找到它，他说

它在码头上比较远的地方，然后你要再往里拐进一条巷子里，他说

我来帮你啦，他说

谢谢，乌拉夫说

我打心眼里乐意，奥斯高于特说

然后乌拉夫感到一阵喜悦涌过全身，因为现在，现在他就要买到世上最好的手镯，最澄黄的黄金打造、镶着最湛蓝的珍珠，用不了多久它就会戴在奥斯塔的手臂上，他想

我有那么一点点钱，乌拉夫说

他可能也急着把它卖掉，所以也许他会降价，奥斯高于特说

他对我就是这么做的，他说

我没有他要的那么多钱，也许这正好，因为我用我手头的钱把它买到手了，他说

然后他们沿着码头往前走而乌拉夫认为现在是最纯粹的欢乐时分，此时此刻的他，一个什么都不是的家伙，要停下来为他的爱人买这最精美的礼物，这还不坏吧，真的，他想，即使他来比约格文是为了买戒指，他也是可以买手镯的，因为他完全可以以后再买戒指，他想，因为现在，现在他已经看过那最精美的手镯，用最澄黄的金子和最湛蓝的珍珠打造，是的，他几乎无法放下要给奥斯塔买这样一个好东西的想法，所以这就是他要做的，乌拉夫想，然后他听到奥斯高于特说那个手镯，是的它特别精致，它真好看，他们都这么说，他

说，而乌拉夫说是啊，是啊它真好看，它是一个那么好看的手镯可能再也找不到比它更好看的手镯了，他说

不，我觉得肯定不能，奥斯高于特说

你觉得什么不能，乌拉夫说

就是找到比这更好看的手镯，奥斯高于特说

肯定找不到，他说

找不到，我也觉得找不到，乌拉夫说

我们马上就到了，奥斯高于特说

不过我会一路跟你过去的，他说

谢谢你，乌拉夫说

我今天刚刚去过那儿，现在我又转回来了，他可能会多想的，那个珠宝商，他说

珠宝商，乌拉夫说

是啊是啊，他们都这么叫他，他就叫珠宝商，奥斯高于特说

听起来挺好的，乌拉夫说

是的，他就叫这个，奥斯高于特说

是啊而且他也是一个很好的人，看上去再体面不过了，奥斯高于特说

既然你这么说了，乌拉夫说

他还有黑色的络腮胡呢，他说

然后他们继续沿着码头走

你永远想象不出他商店里有多少好东西，奥斯高于特说

这个我不再多说了，等你进去了你可以自己看，他说

乌拉夫点点头然后奥斯高于特往右转走进两排房子之间，房子之间的空地很宽，墙上有一扇接一扇的门而奥斯高于特走在乌拉夫前面几米的地方，他走得很快，像是兴致特别高昂，而乌拉夫跟着他，没过一会儿奥斯高于特就在巷子里一扇大窗户前停下，而那儿，就在那橱窗里，那些银器和金器在闪烁发光而乌拉夫刚一看到所有这些宝贝就感到有点手足无措了，真不敢相信啊，

这么多银器和金器会被摆在同一处，就被摆在同一个橱窗里

假如珠宝商不在那儿，这窗前就会横着一扇大百叶窗，奥斯高于特说

但现在，现在他在，他说

奥斯高于特走向一扇门，旁边还有一扇窗

但那儿，那儿还有另一个窗户，乌拉夫说

可不是吗，这儿是有两个窗户的，奥斯高于特说

乌拉夫走到另一个窗户前面，在那儿，就在橱窗中央躺着一只镯子，那最澄黄的金子和最湛蓝的珍珠放着光，完全就和奥斯高于特买的手镯一模一样，看起来就是这样

那儿，那手镯在那儿，乌拉夫说

是啊，没错，奥斯高于特说

哦这个，我今天早些时候看这橱窗时它还不在那儿呢，他说

珠宝商肯定是刚刚把它拿出来的，他说

我们进去吧，他说

可是乌拉夫一动也不动地站那儿对着躺在橱窗里的那件宝贝看了又看

我们进去吧，别让别人抢先把这么好的镯子买走了，奥斯高于特说

然后他打开门还撑着门等乌拉夫进来然后他走进去，就在那里面，在他面前的地板上站着的就是珠宝商本人而他鞠了一躬又鞠了一躬然后说欢迎，欢迎来到敝店来看这些微不足道的货品，他说，我仍然相信两位尊贵的客人可能在这里找到些喜欢的东西，他说，所以欢迎，热烈欢迎，有什么是他能帮上两位的吗

有，奥斯高于特说

啊，你啊，珠宝商说

是你，我今天早些时候就和你做过买卖，他说

完全正确，完全正确，奥斯高于特说

也许这位先生还想再买些什么，珠宝商说

不，不是我，但我的朋友可能想，奥斯高于特说

于是乌拉夫站着四处打量，这里有多到数不清的银器和金器，目之所及都是戒指和珠宝和烛台和碗和盘子和银器和金器，世界上居然存在着这样的地方，那么多，不管眼睛往哪儿看，都是银器和金器

那么您想要的是什么呢？珠宝商说

这里有这么多银器和金器，乌拉夫说

不这不可能，他说

其实也没那么多，珠宝商说

但有一些，这里还是有些东西的，他说

然后他两个手掌相对着搓了起来

多到数不清，乌拉夫说

那么这位先生想要什么呢，珠宝商说

我，我嘛，是的我想买一个手镯，乌拉夫说

和我今天早些时候买的那个一模一样的，奥斯高于

特说

是的，那么你很走运，珠宝商说

然后他把双手一拍，他把两手合在一起拍了好几次，就像是在为什么事鼓掌似的

那么你很走运，因为现在要搞到这么好的手镯可不容易了，他说

绝对不容易，他说

如今想弄到它们那简直不可能，他说

然后他说他还是想方设法弄到了两只这样的手镯，主要是因为他在这行干了很多年，还认识很多人，这就是他能成事的主要原因，他说，说老实话这两只手镯是昨天才进的货结果今天就卖掉了一只，他说着向奥斯高于特点了点头，卖给了那边的那位先生，是啊，没错，他想法买下了其中一只，是啊，他真走运，他说，其实有很多人都来这儿看过那另一只，所以说，现在，这位先生真是幸运极了，因为另一只手镯还在他这里摆着，

真是太不可思议了，甚至还摆在最显眼的位置，他边说

边鞠了一躬然后说请两位先生见谅他要失陪一会儿然后

他戴上一双白手套然后他走过去把手镯从橱窗里拎起来

然后小心地把它放在一张桌子上

　　哦看这顶尖的工艺，珠宝商说

　　这就是顶尖的工艺，这是艺术，他说

　　然后他用食指小心翼翼地抚过手镯

　　你想买的是这只，他说

　　他谦卑地看向乌拉夫

　　是，是啊，这点我相当清楚了，珠宝商说

　　是啊假如我有足够的钱，乌拉夫说

　　是啊最后总是难免要说到这个，是的，珠宝商说

　　而他的语调仿佛充满悲伤和遗憾然后乌拉夫从口袋

里拿出三张钞票递给珠宝商然后他接过钞票并一张接一

张仔细看过

　　这肯定太少了，他说

这太少了，乌拉夫说

显然是这样，珠宝商说

我还可以再多要两三张钞票的，但即使是那样也已经是最低价了，是啊说实话那样也是卖得太便宜了，他说

于是乌拉夫感到一阵巨大的绝望袭来，他怎样才能再弄到一张钞票呢，也许过一会儿会有，但现在不能，而现在那世上最好的手镯就在那儿，过一会儿就没了，因为珠宝商说很多人都想买这个镯子

他只有这么多钱了，奥斯高于特说

这就是他所有的全部了，珠宝商说

然后他假装被惊呆了

但你，你也许能帮他一把，他说

你今天早些时候把我所有的钱都拿走了，奥斯高于特说

然后珠宝商摇摇头，看上去一脸绝望

不行啊不行，他说

好吧这样的话我想我们只能走了，奥斯高于特说

然后他看向乌拉夫

好吧，乌拉夫说

于是奥斯高于特朝门口走去而乌拉夫朝珠宝商伸出了手

好吧，珠宝商说

然后他飞快把三张钞票放进口袋而他声音里还带着些怒气

那就这样吧，他说

然后他将手镯举到空中并把它递给乌拉夫然后乌拉夫就站在那儿手里拿着这最美的手镯，用最澄黄的金子打造的上面有最湛蓝的蓝珍珠，他不敢相信他所看到的，他不敢相信他就手拿着一个如此美丽的手镯站在这儿然后他看向前方，他看见这镯子挂在了奥斯塔的手腕上，就像真的一样，光是想想这个，他想，这样的情景

本就应该出现，他想

来吧，奥斯高于特说

哎，真糟糕，我真不该这样，这么美的手镯卖了这么低的价格，真是太遗憾了，珠宝商说

这笔买卖我亏大了，他说

而他的声音响亮又充满了怨气，奥斯高于特站在那里扶着门让它开着

我不能这么干，珠宝商说

我不能亏本卖，他说

奥斯高于特站在那里扶着门让它开着

乌拉夫，走吧，他说

于是乌拉夫走出了门而奥斯高于特在他身后把门带上然后乌拉夫就站在外面，在小巷里，他看着手里握着的手镯，天哪这种事居然会发生，天哪他居然能把这么漂亮的镯子弄到手，乌拉夫想，然后他听到奥斯高于特说他们得赶紧走，别等到珠宝商改了主意然后奥斯高于

特走出了小巷而乌拉夫跟在他后面一边把这镯子看了又看，我的天啊，他想，不这不可能是真的，他想，然后奥斯高于特说他还是赶紧把镯子放回口袋里，别让别人看见了然后起心要偷走它，他说，于是乌拉夫把手插进口袋同时那手一直握着镯子，他就这样跟着奥斯高于特沿着小巷走下去，然后他们又回到了码头然后奥斯高于特说老实说他还有点零钱，但那也就是全部了，然后乌拉夫说他也有一点零钱然后奥斯高于特说他的意思是也许他们应该去来上一两杯，因为必须为了这件事庆祝一下，庆祝他俩现在都买到了最上等的手镯送给他们的爱人，是的必须庆祝，奥斯高于特说

是的，当然，乌拉夫说

那我们再去一次酒馆吧，奥斯高于特说

好，我们去吧，乌拉夫说

那我们就去，奥斯高于特说

于是他们稳步朝酒馆走过去而就在那儿，在那边街

上，他看到的难道不是那个姑娘，没错那肯定就是，那个有长长金发的姑娘而她紧抱着一个家伙的胳膊走着，真的，这就是她的作风，之前她就是这样跑过去抱住了他的胳膊，现在她又抓着另一个人的胳膊，这很好，他想，很好，好就好在她缠住的是另一个人而不是他，乌拉夫想，然后他在口袋里轻轻叩着那手镯

来上一杯会很惬意的，奥斯高于特说

是的，乌拉夫说

是啊现在和我们订了婚的姑娘们就有了些可以期待的东西了，奥斯高于特说

如果她们知道了，一定很期待的，乌拉夫说

我们回家时一定会很开心，奥斯高于特说

我现在已经看到那镯子在奥斯塔的胳膊上会有多好看，乌拉夫说

我也能看到在尼尔玛胳膊上也是，奥斯高于特说

然后他们继续往前走，脚步平稳，乌拉夫眼前浮现

出那姑娘拽着他挽着他的胳膊走进那两栋房子之间的画面，而这可能就是她把他拽进去的那条小巷，现在她就是把那个人拽到这儿了，他想

确实值得喝上一杯，奥斯高于特说

味道一定很好，他说

是啊，乌拉夫说

然后他看到奥斯高于特站在酒馆门前，那扇棕色的大门前，然后奥斯高于特走了进去而乌拉夫也撑住了门走了进去然后他们都站在那长长的过道里，那些棕色大原木摞在一起，奥斯高于特开始往门厅里走而乌拉夫跟在他后面，他一直在口袋里牢牢攥着那手镯，然后他们进来了，而里面的一切都和刚才一样，只不过人群散去了，在那边一张桌旁坐着那个老人，他当然肯定会在那里，不管自己在哪儿，老人一定也会在那里出现，总是这样，乌拉夫想，而那老人望向他

你来了，老人说

我就知道你会来的，我一直在等你，他说

我就知道你会回来给我一张钞票，他说

你也不敢不这么做，你阿斯勒不敢，他说

然后老人站了起来朝乌拉夫走过来

我从来就没怀疑过你不会回来，他说

而我猜对了，他说

然后乌拉夫看到奥斯高于特已经站在柜台旁两手各

拿着一个杯子然后他走向奥斯高于特而奥斯高于特把酒

杯递给了他

我请你，奥斯高于特说

然后他举起了酒杯

干杯，他说

然后乌拉夫举起了他的酒杯

干杯，乌拉夫说

然后他们碰杯而那老人走过来站在他们面前

还有我呢，难道我就没有酒吗，哈，难道只有你们

才有酒喝，他说

赶紧做个聪明人吧阿斯勒，他说

赶紧按我说的做，他说

赶紧给这个老人买杯酒，他说

然后他把头向后一仰抬头斜眼望向乌拉夫，目光闪烁

你知道我对你说过什么，不是吗？他说

你知道我都知道什么，不是吗，阿斯勒，他说

别再乞讨了，奥斯高于特说

我不是乞讨，我从没乞讨过，我只是要求得到那些我有权要求的东西，老人说

我，我想我得走了，乌拉夫说

但你的酒呢，你还没喝完这杯呢，杯里的酒你还几乎没碰呢，奥斯高于特说

嗯，你可以喝了它，两杯酒你肯定是能喝的，乌拉夫说

是，当然能，不是吗，奥斯高于特说

不过你来上一大口吧，他说

然后乌拉夫举起酒杯尽力喝了一大口然后把酒杯递给奥斯高于特然后说他必须走了，他知道这点，他不能再待在这里，然后他朝门口走去

但是等等，等等，老人说

你答应过请我喝酒的，他说

你最好小心点，小心，小心，他说

现在你听到警告了，他说

然后乌拉夫打开了那扇门然后他走过那长长的黑暗走廊他走了出去然后就站在了酒馆外的街上而他在想现在他应该去哪儿，天已经黑了而他得找个地方睡觉，应该不是在房子里，但其他什么地方也行，毕竟天气不算冷得厉害，但他还是应该找到这里或者那里的什么地方，他想着，环顾四周，而就在他上方的一个窗户里他看到一个老太太站在那里向外看，她有浓密的灰色

长发，一半身子被窗帘遮住，但她只是站那儿不停地看，她，乌拉夫想，她肯定不会是在忙着找他，他想，而为什么她会寻找他呢，是什么让他有这个念头，让他觉得她是站在那儿寻找他呢，他没理由这么觉得，乌拉夫想，他的手在口袋里牢牢攥着那手镯然后他抬头看到那女人仍然站在那儿，被窗帘半掩着，而她望向他，真的，她确实在看着他，他想为什么那个老太太站在那里看他，她这是什么意思，他想，然后他又看向那窗户而那老太太还站在那儿，半藏着站在窗帘后面然后他就不再看她了，因为他不能再在这儿站下去了，已经入夜了而他必须找到一个可以过夜的地方，他想，不管怎样他得去某个地方，他想，但是去哪儿呢，他该去哪儿呢，他想，然后他就看到一个有着又长又浓密的灰发的老太太站在街上

你，老太太说

你看起来像是需要找地方住，她说

我说得对吗？她说

而乌拉夫完全不知道该回答什么

回答我，她说

我在你身上看出来了，她说

你需要吗，她说

而乌拉夫说他大概也不能否认这一点，不能，然后她说如果他需要地方住就跟她走，这事自然就解决了，她说，而他有点心动于是他就朝她走过去而她转过身走进了她身后的那扇门，他看着她走上一段楼梯而他也跟在她身后走了上去，他听到她走上楼梯时的呼吸声，有时还喘着粗气，她说她会给他找一个过夜的地方，是的，对他来说肯定不贵，不会的，她说，然后等她上到楼梯顶时她停了下来站在那儿喘气，她肯定是可以安排一张床过夜的，她说，然后他在楼梯上站住而她打开一扇门走了进去于是他往上走跟在她身后进了门，然后他看到此刻有个一头长长金发的姑娘就在那儿站着望着窗外然后老太太朝她走过去在她身边站住，就像她刚才那样站着，而他站在那儿看着她们，他听到那老太太说他终于从酒馆出来了可问题是他打算回家还是继续往前走，但他现在显然也没办法买酒了，他要去哪儿去搞酒喝呢，她说，而那姑娘说现在家里一点钱都没有了，所以她们要靠什么生活呢，她们要怎么去弄点吃的呢，那姑娘说，然后她朝乌拉夫转过身来，于是他看到这就是他今天早些时候遇到的姑娘，就是那个抓住他胳膊把他领进一条小巷的姑娘，那就是她，当然肯定就是她，他想，而那姑娘看着他，她咧开嘴笑了笑，然后向他点点头

你也没什么钱了吧，姑娘说

没有，乌拉夫说

然后老太太转身看着他

假如你不付钱的话，我家肯定没有床给你过夜，她说

我以为你至少会知道这些事呢，她说

但至少你还有几个硬币吧，她说

几个硬币，哈，她说

我想你还不至于身无分文，她说

你应该还不至于落到那么惨的地步，是吗，她说

还是说，她说

然后她站在那里看着他

而且你是谁呢，她说

我，乌拉夫说

我认识他的，那姑娘说

你该知道这点，她说

所以你认识他，老太太说

但是你口袋里没几个钱了吧，她说

谁说的，乌拉夫说

你有钞票的，那姑娘说

然后她走过去把胳膊环绕在他背上然后那老太太摇了摇头然后那姑娘朝他靠过去然后吻他的脸颊

看看你在干什么，老太太说

然后姑娘一路舔向他的嘴并吻了他

是啊是啊也没有什么别的新花样了，老太太说

然后姑娘在他身边滑了过去，就站在那儿紧紧贴在
他胸前

一个漂亮而贫穷的姑娘正值她最热情的青春时期，
老太太说

然后那姑娘把两只手放在他屁股上

不过啊，老太太说

然后姑娘紧贴向他

天哪我竟然要目睹这样的事，老太太说

而乌拉夫站在那里双手笔直地伸上去又放下来

我从没想过你会这么做，老太太说

而乌拉夫想，这个，这是怎么回事，他不能再待下
去了

你啊，你啊，我的亲女儿啊，老太太说

然后姑娘在舔着他的脖子

你竟然做这种肮脏事，老太太说

我还想过要把你好好嫁出去的，但是现在，你已经变成这样了，再说这些也就没有意义了，老太太说

然后乌拉夫抓住姑娘的手臂挣脱了出来而她再一次搂住了他并轻抚他的背但他从她身边走开了

你这家伙怎么这样，姑娘说

唉，唉，唉，人倒霉的时候什么坏事都会碰到，老太太说

你这彻头彻尾的浑蛋，姑娘说

你是整个比约格文最坏的坏人，她说

没人比你更糟了，她说

没有，一切都糟透了，她说

然后老太太走过去坐在一张凳子上两手抱着头而他看到姑娘站在那里双手攥成了拳头然后老太太说天哪一切都糟透了，唉一切都糟透了，然后那姑娘说她不能说

点别的吗，总是这样，总是一切都糟透了，一切都糟透了，她总这么说，她说，然后她冲老太太挥了挥一只握紧的拳头然后说她总在埋怨她，日复一日，就好像她自己年轻时更好似的，哈，她当然不是，她说

你真的好很多吗，她说

你又知道些什么，老太太说

然后恶狠狠地看姑娘一眼

我知道些什么，我知道就是知道，我明白就是明白，姑娘说

怎么，难道我说得不对吗，她说

那个男人，住这里的那个男人不是我父亲，我就知道这么多，她说

我说过这个吗，老太太说

是啊，你说过的，姑娘说

那么我可能是说过，老太太说

他也很有可能是你父亲，她说

但这并不确定，那姑娘说

是啊，这不能确定，老太太说

那么我父亲是谁呢，不，你不知道，姑娘说

我已经说过我觉得会是谁，老太太说

可你还吼我呢，姑娘说

而乌拉夫站在那里听到老太太说她没有吼她，而且她从来就没吼过她，有些时候她也许请她帮忙做点什么，她说，搭把手，在她没饭吃的时候给她一点钱，这么多年来都是她照顾她，的确如此，从她出生开始这么多年她一直照顾着她，这不是什么容易的事，这些年来她在她身上花费了那么多而得到的回报就是她的大喊大叫，她还说她是那种她们甚至都没法说出口的那种人，不，她再也受不了了，老太太说，同时她用两手捂住脸然后大声地痛苦地抽泣起来而那姑娘说既然她自己没比她好多少，那她也不用总埋怨她，这真够蠢的，尽管也没有更好却埋怨自己的女儿，她说，而老太太也几乎尖叫起来说她当然希望女儿过上比她自己更好的日子而她为了这个已经尽了最大努力但得到的回报就是被她责骂，被自己唯一的女儿责骂，不，怎么会变成这个样子，她说，而姑娘说她还有什么其他可做的呢然后老太太说她才不信呢，还有很多事是她可以做的，她活了这么久，她说，而姑娘说你说啊，你说啊，说还有什么是我可以做的而老太太说她能做的事很多，她可以缝纫，她可以在某个商店里卖东西，她可以在广场上卖东西，她可以像她姐姐一样，那个很奇怪地突然消失了的姐姐那样，成为助产士，她想做什么都可以去做，她说，而那姑娘说可不就是这样吗，一点不错，她做的完全就是她想做的，而老太太说刚才说的想做什么就去做什么并不是指她要顺从欲望，或者说她可以顺从自己的欲望，不是这样，她得凭借自己的欲望去赢得有尊严的生活和堂堂正正的收入，她得结婚做一个体面人，她得有丈夫有孩子，她得循规蹈矩，她不该和各式各样的男人躲起来做那些勾当就为了一点小钱甚至有时分文不得，是的，是的，这就是她自己曾做过的而她做了这些事之后还剩下什么呢，什么都没有，她什么都没留下，只有坏名声，也许这也很合适很好，在某种程度上，只要她能一直做下去，但这是不能一直做下去的，在一个人能随心所欲的年龄过去后，那就结束了，是的，是的，结束了，然后就结束了，然后就再没有什么人会给你什么了，事情就是这样，那歌里就这么唱的，她说，而那姑娘说当然就是这样所以你能享受时就要去享受，好吧，她说，然后老太太说她还从来没有听人说过如此荒唐而愚蠢的话呢，她已经活了很久所以她知道自己在说什么，所以与其那么固执己见她更应该听听活得久又有经验的人说的话然后按照这些话纠正自己，她说，而那姑娘说她现在再也无法忍受听她说下去了然后她站在乌拉夫面前解开她裙子胸部的扣子然后她对着他挺起了乳房然后老太太站了起来抓住她的袖子

不，这样太过分了，老太太说

看看这成什么样子，她说

这样卖自己，她说

你啊你啊，她说

然后她抓住姑娘的头发把她拉向自己这边

嗷，放手，姑娘说

你必须停手了，老太太说

你这婊子，你这婊子，姑娘说

你叫我婊子，老太太说

婊子婊子，姑娘说

然后她抓住老太太的手臂把它拽过来拉进嘴里咬了
一口，老太太松开了手

你这浑蛋，你这浑蛋，老太太说

然后她哀号着说

这就是我的回报，你这浑蛋，她说

滚，滚，滚出去，滚出我的房子，她说

滚出去，你这婊子，滚出去，她说

然后姑娘把衣服扣起来了

拿上你那些东西滚，老太太说

对，快滚，她说

现在，马上，老太太说

我回头再来拿东西，姑娘说

好，你最好说到做到，老太太说

然后乌拉夫看到姑娘朝门厅走去然后她打开门出去了然后那个老人就站在门口，他只是站在那里朝乌拉夫看了过来然后老人说天哪他在那儿干什么，因为他和他家可没一点关系，他是闯进他家了吗，也许，他说，如果他在酒馆给他买过一杯酒的话，那么事情也许就是两样了，但他这么做了吗，哦没有，根本没有，他刚小心翼翼地提出暗示他就喝光酒走了而现在，现在他就杵在他住的地方，在他家里，而他在这儿干什么？他说，然后他说马上，马上他就要去把"法律"找来，让法律抓住他，因为她，法律，可能有很多话要和阿斯勒聊，他说，然后老太太站在那里，她对老人说不，他都说了些什么啊，阿斯勒又做了什么错事呢，她说，然后乌拉夫朝门口走去而老人伸出双臂用双手抓住门框他就站在那儿挡住了门口

你快去把法律找来，老人说

我，老太太说

是啊，是啊，你，他说

但你挡着我过不去啊，她说

是的，是的，他说

我为什么要去把法律找来，她说

别问了，他说

赶紧去就是了，他说

好吧，既然你这么说，她说

然后她朝乌拉夫走去而当她走过他身边时她又长又密的灰头发掠过了他的一只胳膊然后老人抬起一只手臂

把她放了出去然后他望向乌拉夫

你这种人就会是这个下场，你，阿斯勒，他说

然后老人走了进来并带上了身后的门

你是来纠缠我女儿的，也许，老人说

你就是出来纠缠我女儿的，但那绝无可能，你倒是
会被一根绳子绞死，他说

像你这样的人就是这个，这个下场，你，阿斯勒，
他说

杀人凶手就是你，他说

你杀了人，我非常清楚，他说

而凡杀人的，他自己也将被杀，他说

这是法律，这是上帝的法律，他说

然后他拿出一把钥匙锁上他身后的门然后转过身去

就是这样，他说

然后他朝乌拉夫靠近了一点

所以你名叫乌拉夫，是吗，他说

然后他抓住了他的手臂

好个乌拉夫，他说

乌拉夫就是你的名字，他说

没有别的啦，就是这样，是吗，他说

乌拉夫，他说

是的，乌拉夫说

你是从什么时候开始叫这个的？他说

这是我的教名，乌拉夫说

这样啊，好吧，老人说

现在我觉得你应该跟我走一趟了，他说

你是自愿过来还是我得强迫你，他说

为什么我得跟你走一趟，乌拉夫说

你马上就会知道了，老人说

跟你走之前我希望知道为什么，乌拉夫说

这个，这个现在由我来决定，老人说

然后他松开了手臂

不，老人说

不，眼下最好是我们等法律过来，等她把法律找过来，他说

你年轻力壮的而我已经老了，他说

你能找到从我这里逃走的办法，不是吗，他说

但现在，法律很快就来了，他说

然后他看着乌拉夫

你知道现在等着你的是什么吗，他说

不，不，你可能不知道，他说

你不知道，他说

但是这也没什么关系，他说

我就是这么想的，他说

然后有人敲门而那个老太太喊着开门然后老人走过去打开门然后乌拉夫看到老太太站在那儿，她身后是一个与他自己年龄差不多的男人，他穿着一身黑衣而在他身后是另一个男人，差不多也是同样年龄，也是一身

黑衣

　　那就是他，老人说

　　然后那两个人走到乌拉夫身边把他的手臂放在背后然后把他的两手绑在一起，他们抓着他，每人抓一只手臂，两个人把他拽向门口然后他听到那老人的声音说这就是，这就是他的下场，那个杜尔基亚来的阿斯勒就是这个下场，他说，再没有其他的可能，杀人者必偿命，就是这么写的，他说，而乌拉夫转过身来看到那老人站在门口，他们直视着对方然后老人说，那些不肯给他买一杯啤酒的人就是这个下场，那些自己有钱又不想和别人分享的人就这个下场，他说，那别人就只能用另一种方式来赚点什么了，赏金，阿斯勒听说过这个吗，不不，从来没有，他可能从没听说过，没有，但是这种叫赏金的东西它的确是存在的，确实，他说，他轻轻笑了，然后乌拉夫转身向前而那两个人带着他走下楼梯又走出去来到街上然后他们迅速沿着街往下走，他左右一边一个人，两人都抓着他的手臂而谁都不说什么，他想他最好也什么都不说而在前方他看到那个姑娘站在那儿，她的视线落在他身上然后她说哦，这不是你吗，这么自由自在地走动的人不是你吗，她说，不，又见到你真是太开心了，她说，然后她举起一只胳膊往前伸，而就在那儿，在她手臂上挂着的不是那精致的手镯吗，那用最澄黄的金子打造、镶着最湛蓝的蓝珍珠的最精致的手镯就挂在她手臂上，而她就站在那儿举着手臂然后向乌拉夫挥手对他微笑，不，不，他想，她偷了那只手镯，她肯定是把手伸进了他的口袋，他想，而这个，这本该戴在奥斯塔手臂上的东西，现在，现在它在那姑娘手臂上闪耀、发光，而她朝他们走过来，开始走在他们身边，而她一路都把那戴着手镯的手臂向前举着而她金色的长发扬起来又落下去，随着她行走而扬起、落下然后她说她几乎可以说渴望着再次见到他，她说，但现在，现在他可能不再那么重要了，她说，而且一直朝他伸出那戴着手镯的手臂，现在他已经不再那么重要了，她说，但是如果他被放出来了，是的那时他一定要来找她，那时候他一定要再回到她身边，她说，然后她将把那戴着手镯的胳膊直接抬到他眼前然后她说看吧，看吧，这不是太美了吗，想想你给了我这么好看的手镯，她说，感谢，衷心感谢你，她说，我会永远感谢你的，她说，然后她说他被放出来的时候，是的那他就会因为这个镯子得到一些回报了，这一点她可以保证，所以谢谢，谢谢你的手镯，她说，然后他闭上眼睛让那两个人带他去随便什么地方然后他们沿着街道走下去接着他听到那姑娘喊着谢谢，谢谢手镯，是的，我是真心的，她喊着，而他不想睁开眼睛只是稳步向前走去而奥斯塔现在在哪儿，小西格瓦尔现在在哪儿，奥斯塔和小西格瓦尔在哪儿，乌拉夫想，他稳步走着，十分平稳地向前走，但是眼睛是闭着的，然后他看到奥斯塔就站在他面前，她胸前抱着小西格瓦尔，你就站在巴尔门那栋房子外面，你，好奥斯塔，最好的奥斯塔，他想，然后他听到自己在说可能从今以后他们最好说他叫乌拉夫而不是阿斯勒，他说，阿莉达问为什么然后他说他只是觉得这样是最正确的也是最安全的，假如有人因为什么原因要抓他们的话，他说，而她问为什么有人想要抓他们呢，他说他也不知道，但他就是现在想到他们最好改一下名字然后她说哦，原来他是这个意思，好吧，就这么办吧，她说

所以现在我是乌拉夫，不是阿斯勒了，他说

我是奥斯塔，不是阿莉达，她说

然后他说现在乌拉夫走进了房子然后她说那么奥斯塔和他一起走进了房子，他打开门，然后他们走了进去

但小西格瓦尔还是可以继续叫西格瓦尔，她说

是的，当然，奥斯塔，他说

你，乌拉夫啊乌拉夫，她说

然后她笑了

你，奥斯塔啊奥斯塔，他说

然后他也笑了

我们的姓是维克，他说

奥斯塔和乌拉夫·维克，他说

乌拉夫和奥斯塔和小西格瓦尔，她说

那么就这样了，他说

但你觉得我们会在这儿住多久，她说

肯定很久，他说

但这房子一定是有主人的，她说

是啊，这很有可能，但也许他们已经死了，他说

你这么认为吗，她说

我们到达时这里已经空了，而且可能已经空了很长
时间，他说

是的，但是，她说

这个地方住起来真不错，她说

我们在这里感觉很好，他说

是啊，她说

再说这里还有很多腌火腿，他说

是的，她说

是的，我能找到它真走运，他说

找啊找，她说

那个农场里有很多，他说

但是你不能从邻居那儿偷东西，她说

如果你不得不这么做，那么你就得这么做，他说

也许就是这样，她说

而且我会钓到鱼的，他说

但那艘船，你不觉得，她说

然后她不说了

那船好好地停泊在那儿，他说

是啊，我们总能把日子过好的，她说

你和我会把日子过好的，他说

你和我和小西格瓦尔，她说

奥斯塔和乌拉夫·维克，他说

还有西格瓦尔·维克，她说

一切都会好的，他说

然后他说他最近某天得去比约格文，他在那里有事要办，他说

你一定要去吗，她说

不，不，但我想在那里买些东西，他说

你可能不该卖掉小提琴，她说

既然我卖了小提琴，那我现在就可以在比约格文买点什么了，他说

但是，他说

是的，她说

是的，可是我们那天也得吃饭，他说

是的，几乎每天都得吃，她说

就是这样，他说

然后乌拉夫说他可能今天就去比约格文，他想这事已经有一段时间了而今天就是再合适不过的一天，他说，奥斯塔说别去，至少现在别去，因为这样的话他就只留下她一个人在巴尔门而这对她来说不大好，毕竟有那么多事可能发生，有那么多人可能会来，她不喜欢一个人待着，她说，他们两个在一起时一切都会更顺利，她说，而乌拉夫说他会尽快回来的，他会抓紧时间，一旦他买到他想买的东西他就会带着他买的东西回到她身边，是的，他不会离开很久的，他说，而她说也许她和小西格瓦尔可以一起去，他说他们当然可以，他其实再乐意不过了，但是如果他一个人上路的话会走得更快一些，他说，如果他们俩都去，那就必须抱着小西格瓦尔，那就要花很长时间才能到比约格文，而如果他一个人去就不用花很长时间，他会抓紧时间，尽他所能地赶路，这样他就能很快回到她和小西格瓦尔身边，他说，而奥斯塔说是啊他说的也有道理，但他必须要向她保证决不去看比约格文的那些姑娘，而且他绝对不要搭理她们，因为那些姑娘脑子里有而且只有一件事，她们是那么厚颜无耻，她们到处瞎逛，说其他所有人的坏话，不，他必须保证他不能搭理她们，她说，然后乌拉夫说他现在去比约格文并不是为了和那些姑娘搭话，然后她说，这一点她还是很清楚的，但是反正，让她烦心的并不是他想要这样，不，一点也不，是那里的那些姑娘还有她们的意志和她们的力量让她烦心，因为比约格文的姑娘们知道她们想要什么，你可不能随便跟她们开玩笑，她说，然后她又说他不能去，他不能这么做，她看到他和另一个姑娘在一起，而那是一个美丽的姑娘，一个有着金色长发的姑娘，哦，真是糟糕啊，她说，哦，一个那么好看又那么糟糕的姑娘，那样金黄的头发，那样蓝的眼睛，不像她这样有黑发，也不像她这样有棕色眼睛，哦太糟糕了，奥斯塔说，然后她说不，他今天不能去比约格文，这会让他们出大问题的，会有可怕的事情发生，某种特别糟糕的事情，某些非常可怕的事情，某些她想都不敢想的事情就会发生，某些无法忍受的事情，某些将把一切都毁掉的事，他会消失的，他会像爸爸阿斯拉克一样消失，永远消失，她感觉到了这一点，她就是知道，而她如此确定地感到了这一点，她对此非常确定，她一定得告诉他，她不能就这么随它去，这事一定要说出来，她说，然后她拉着他的手然后抓住他的手然后她说他不能从她身边离开，因为那样她就再也见不到他了，她说，而他说不会的，他必须今天就去比约格文，因为这段路走起来很长，而今天天气很好，没有风，也不下雨，她能看到今天峡湾是多么耀眼、宁静，多么湛蓝，而且天气温和，今天就是去比约格文的好日子，他非常肯定这一点，而要是有人来问他叫什么，或者她叫什么，那她就要说他叫乌拉夫而她叫奥斯塔，就按他们刚刚说好的那样，而假如有人问他们从哪儿来，那么她也不用交代他们来自杜尔基亚，完全不用，他说，而她问那么她该说他们从哪儿来呢，然后他说他们来自比约格文周边的一个地方，在北边，那个地方叫维克，因为比约格文以北肯定能找到一个叫维克的地方，他说，她说是啊，是啊，那么她来自维克，她叫奥斯塔来自维克因此她的全名就叫奥斯塔·维克，他说是的，是的就是这样，而他的全名是乌拉夫·维克。现在他们就叫这个。现在他们就叫奥斯塔和乌拉夫·维克，他们已经结婚，而且他们有个儿子叫西格瓦尔·维克。他们是在维克一座教堂结婚的，他们的儿子西格瓦尔后来在那里受洗，他们还没有戒指，但他们很快就会有，她必须这么说，他说

好吧，乌拉夫·维克，她说

那样我们就说好了，奥斯塔·维克，他说

然后他们对彼此微笑而现在他说，现在他，乌拉夫·维克，就要去比约格文了，因为他在那里有件事要办而一旦事情办完他就直接回家，回到她和小西格瓦尔

身边，他说

好，你一定得这么做，她说

我一定会的，他说

然后奥斯塔看到他站在门口朝她微笑然后他迅速带上门然后她就独自一人了，她和小西格瓦尔，而她感觉到了，整个人都感到了，她再也见不到乌拉夫了，他不能走，他今天一定不能去比约格文，她想，但她已经全都对他说了，她已经把她所知道的都告诉他了，但他并没有听她的，她可以把她想说的一切告诉他，但他也尽可以不听她的，而她不愿意出去，她不愿意看到他离开她，她不希望这是最后一次见到他，因为现在她已经最后一次看到她的丈夫，她的爱人，她想，从现在起她就叫奥斯塔，而他叫乌拉夫，这可能是她最后一次见到她的乌拉夫，而他将会像爸爸阿斯拉克一样离去并且永远消失，现在她又孤身一人了，只有她和小西格瓦尔两人，他们从今往后就会如此，从今天起就只有他们两个了，奥斯塔想，然后小西格瓦尔哭了起来于是她把他抱起来轻轻晃着，她站在那里把他抱在胸前来回摇晃着，而他哭啊哭，她来回摇晃着他，你别哭了，别哭了好孩子，她说，她不停地摇晃他，你别哭，好孩子，她说，别哭了，别闹了，别坐干草堆里发呆了，她说，别找乐，别埋怨，什么事都别干了，你要住在这房子里，妈妈和小西格瓦尔都在这里住，在这里生活，他们要住在这里，他们要在这里待下去，妈妈会纺布，西格瓦尔要出海乘风破浪，所以不要哭，一切都会好，有一天家会变城堡，有一天家会变城堡，她说，而西格瓦尔也停止了哭泣，乌拉夫跳了一下而抓住他胳膊的家伙们也跟着跳了一下然后他们说他想干什么，他以为要挣脱他们这么容易吗，不，他现在必须老实点，很快他就不会再活蹦乱跳了，他很快就会死掉，像所有杀人的人应得的下场那样死掉，一命偿一命，他要想活蹦乱跳是不可能了，不可能了，刽子手会马上安排的，这种事他很在行，刽子手，他就是专门负责让像他这样的家伙不再活蹦乱跳的，他们说，然后他们说这是确定的，所以他还是立刻就老实下来吧，到了外面岬角那边他也得老实点，会有很多人聚集在他周围，基本所有住在比约格文市的人都会被召集起来去看他被绞死，比约格文的全体居民都会看到他被吊在那儿，他们会看着他被吊在那里直到死透，不再动弹，然后他们会看着他直挺挺地躺在地上而脖子已经被绞断，他们会的，所以他最好现在别挣扎，等刽子手把他吊起来时他可以挣扎个够，踢腿或扭动，想怎么样都可以，在那之前他还是省省力气吧，他们说，然后他们用力拽着他大踏步往前一跳，可他没能完全跟上所以他膝盖着地摔倒了而他们拖着他让他膝盖着地滑过街道而这很疼，他又努力站了起来，然后他们又继续稳步向前走然后他们说现在他们很快就到地方了然后他们说他们到了，这真好，那就不用再拖着这个懒鬼走了，等他们把他弄到地窖里再把门好好锁上，他们就算把他脱手了，这样他们就完成了自己的职责，然后就由其他人接手，他们说，然后用不了几天刽子手就会准备就绪，然后正义就会得到伸张，在众目睽睽下，在比约格文全体居民眼前，在岬角那边，正义将得到伸张，这就是他们努力促成的事，正义必将得到伸张，正义必须永远在场，只有等到那时，等刽子手的工作告终，正义才会实现，他们说，然后他们突然向右转，然后他们说现在他要去地窖了然后他们说他最后被捉拿归案真是太好了，这一切都要多谢那个老邋遢鬼，作为刽子手他现在可能要忙起来了，他们说，然后他们又忽然向右转然后顺着陡峭的台阶往下走而乌拉夫抬头往上看，他看到了湿漉漉的黑色岩石然后他们拖着他下了台阶，当他们到了下面，这里面那么黑，他几乎什么也看不见，除了他面前的一些或灰或黑的东西，那很有可能是一扇门，然后他们停了下来，他们就完全沉默地站着。乌拉夫前面的那个人松开了手。然后他听到有什么

东西叮当作响然后他看到他面前那人向前俯身凑向门的

方向，他边摸索边咒骂然后把钥匙捅进了锁孔里把门猛

地推开了

真不容易，因为这里太黑了，他说

但最后还是打开了，他说

嗯，他妈的终于打开了，他说

然后乌拉夫前面的那人穿过那扇门，后面的那人拽

着他的手臂，乌拉夫设法把脚放在第一级台阶上然后是

第二级台阶就这样他穿过了那扇门

你就在这里住了，在你剩下的这段时间里，其中一

个人说

你剩下的这段时间里，你就住在这儿，另一个说

这正合适，他说

你这样的人就不应该活下去，他说

你这样的凶手就该死，他说

而乌拉夫站在那里然后那两个男人走了出去，他们

就在他面前把门关上，他听到钥匙叮叮当当的声音然后听到门又被锁上了，然后他就站在那里把双手抵在门上然后他就站在那里，什么也没想，一切都是空虚，无论欢乐还是悲伤都无法触动他，然后他一只手从门上滑开，滑到了一块石头上而这石头是湿的，然后他的手沿着石头滑下去，另一只手也沿着石头滑动，然后有什么东西撞到了他的一条腿上，他把一只手放下来而那似乎是一条长凳，他向前摸索然后小心翼翼地坐了下来然后他继续摸着感觉着，然后他躺了下来，就躺在了那长凳上，然后他凝视眼前这空荡荡的黑暗，而他如此空虚，和这最空虚的黑暗一样空虚，而他躺在那里，只是躺着，他躺着，躺着，合上了眼睛，然后他感到阿莉达的手就放在他肩膀上，他转过身来用手臂搂住她把她拉向自己，然后他听到她平稳的呼吸声而她就那么确定地躺在那里睡着，她的呼吸声如此平稳而她的身体如此温暖，于是他伸出手去，他感觉到小西格瓦尔在她身边躺着而他听到他也在平稳地呼吸，然后他把手放在阿莉达肚子上，他如此安静地躺在那里一动不动，倾听着她平稳的呼吸声，然后他转过身去，感到很冷，然后又感到很热，他很冷然后很热，他觉得冷然后出汗了，而阿莉达，阿莉达在哪儿呢，还有小西格瓦尔，小西格瓦尔在哪儿呢，这里真黑啊，什么都是湿漉漉的，他在出汗，而他是睡着了还是醒着的呢，为什么他此刻在这儿，为什么他一定要待在这儿？为什么他在这地窖里，而且门是锁着的，还有阿莉达，他再也见不到阿莉达了吗？还有小西格瓦尔，他再也见不到小西格瓦尔了吗？他为什么在这地窖里？而他这么热，然后这么冷，也许他在睡，也许他醒了，他很热，他很冷，他睁开了眼睛，在那扇门上有一道缝隙，有些光渗进来而他看到了这扇门，他也看到了这些大石头，石头垒着石头，然后他站了起来走到门口握住门把手而门是被锁上的，然后他把全身的重量都压向那扇门而门是被锁住的，而阿莉达在哪儿呢，小西格瓦尔在哪儿呢，他很冷，他出汗了，他从那窄缝里望出去，能看到的只有台阶上的石头，而他已经在这里待了很久还是刚到达，他会在这儿待很久还是很快就会被放出去重见天日，他会不会很快就能走在那些街道上回到家里，回到阿莉达和小西格瓦尔的身旁，阿莉达和小西格瓦尔，还有他，阿斯勒，他们三个，他想，但他现在已经不叫阿斯勒了，他叫乌拉夫，他甚至差点没想起来，他叫乌拉夫，阿莉达叫奥斯塔而小西格瓦尔就叫西格瓦尔，他听到脚步声时吓了一跳，然后他听到钥匙插进锁孔的声音，他走回长凳上坐下而现在应该不是刽子手来带他出去吧，这样的事不会发生吧？不，他要回到奥斯塔和小西格瓦尔身边，是的，所以没人能把一根绳子套在他脖子上吊死他，当然不能，他们愿意怎么想就怎么想吧，但事情终究不会那样的，乌拉夫想，然后他在长凳上躺了下来直盯着前方，然后他看到门被打开，一个男人走进了地窖，他的个头也不

大，很瘦，佝偻着身子，戴着灰色软帽，他只是站在那儿看向乌拉夫而他看出他就是那个老人

所以这就是凶手了，他说

用那细细的女人气的嗓子

但现在正义即将得到伸张，阿斯勒，他说

杀人者必偿命，他说

然后老人睥睨的目光扫向了他，然后他拿出似乎是黑色麻袋般的东西然后将它套在自己头上，就那样在门口站了很久，然后他又把麻袋摘下来了

你看到了吗，你阿斯勒，他说

然后是睥睨的目光

我想你应该知道我是谁，刽子手是谁，他说

我以为你本该知道这些，他说

又或者你有什么别的想法吗，你，阿斯勒，他说

你不同意吗，他说

好吧，好吧，我想你同意了，他说

我不能想象还有其他的可能，他说

然后那老人转过身来，乌拉夫听到他说现在他们可以进来了，然后之前把他带到地窖的那两个家伙进来了，他们站好了，分别站在老人两边，在他身后不远的地方

日期已至，时间已到，老人说

现在我在此，他说

现在刽子手在此，他说

然后他喊道抓人于是那两个家伙走进地窖来到长凳边上然后他们各抓住乌拉夫的一边肩膀让他在长凳上坐起来

站起来，老人说

于是乌拉夫站了起来，两只手臂都被扯住，然后他们把他的胳膊别在背后然后把他双手绑在一起

那就走吧，老人喊道

然后乌拉夫向前迈出了一步

走，他又喊道

那两个家伙抓着乌拉夫让他动弹不得

现在正义必得伸张，老人说

然后那两个男人开步朝门口走去而乌拉夫就被夹在他们中间，他们每人牢牢抓住他一只胳膊，然后他们出来了，于是开始上楼梯，等他们到了上面他们就停了下来，然后乌拉夫看到老人关上了通往地窖的门然后他也上了楼梯然后他在他们面前站住并看着乌拉夫

现在法律将发挥效力，老人说

现在就是伸张正义的时候了，他说

把他带去岬角，他喊道

那就走吧，他喊

然后老人迈着均匀的大步沿着街道走去，他挥舞着手中的黑袋子而那两个家伙拧着乌拉夫的胳膊所以他就跟着老人往前走了，就走在两个家伙之间，而在老人身后沿街的人在喊刽子手，刽子手来了，现在正义将得到

伸张，现在死者冤仇得报了，现在死者讨回公道了，他们喊叫着，而乌拉夫伸出手去但是碰不到任何人，没有任何他认识的人在那儿，你在哪儿啊，你现在在哪儿啊阿莉达，他想，然后他把手指又尽力拉伸舒展开一点，可是他没有感觉到小西格瓦尔，他们在哪儿呢，阿莉达和小西格瓦尔在哪儿呢，他想，然后他看到那老人挥舞着那个黑色口袋，他正喊着来吧，现在都来吧，来看正义得到伸张，他喊道，现在正义即将得到伸张，大家快过来吧，他喊道，而乌拉夫看到人们开始聚集在老人和自己周围

来吧，来吧，老人喊道

现在正义将得伸张，他喊道

快走吧，他喊道

现在正义即将在岬角得到伸张，他喊道

来吧，大家都赶紧来吧，他喊道

快走吧，他喊道

于是乌拉夫看到很多人已经聚过来了，已经有了一大群人跟在后面而他现在是这群人的一分子，然后他听到阿莉达说你还不快点醒过来吗，然后他看到她站在地板上，半裸着，他站了起来在地板上看到小西格瓦尔在那儿爬来爬去，他几乎完全光着身子，然后他听到老人喊来吧，赶紧过来，而乌拉夫感觉很冷，又觉得很热，而且一切都是空虚的，然后他合上眼睛，他只是向前走去，他听到大喊大叫的声音而什么都不再存在了，现在只有那飞翔存在着，没有欢乐，没有悲伤，现在只剩下这飞翔，这飞翔是他，这飞翔是阿莉达，他想

我是阿斯勒，他喊道

而他闭着眼睛往前走

你是阿斯勒，是的，老人说

这不就是我一直在说的吗，他说

但是你，你却假装你不是阿斯勒了，他说

你这骗子，他说

而阿斯勒试图成为那个他所知道的自己，一种飞翔，而这飞翔名叫阿莉达，他只想飞翔，阿斯勒想，而他听到了尖叫和大喊然后他们停了下来

现在我们已经到达岬角，老人说

于是阿斯勒睁开眼睛，就在他前方，阿莉达就站在那儿，胸前抱着小西格瓦尔，她摇晃着他，从一边到另一边，你快睡吧，就这样飞翔，就这样活着，就这样快乐，就这样长久而忠诚，只要在这儿，只要住这儿，阿莉达说，她还来回摇晃着小西格瓦尔，然后她就来回摇晃着阿斯勒，然后阿斯勒看到峡湾呈现耀眼的蓝色，今天峡湾蓝得耀眼，他想，峡湾如此宁静，他想，而在那儿，在阿莉达身后，站着来自港湾的奥斯高于特而他向阿斯勒挥手，他还问他到底是叫阿斯勒还是乌拉夫，还有他是从杜尔基亚来的还是从维克来的，然后那儿就只剩下大喊大叫的声音，然后他看到那姑娘轻盈地跑了过来，她走到阿莉达身边向阿莉达伸出那只戴着手镯的手

臂，然后姑娘看向阿斯勒，她把那戴着镯子的胳膊举到了空中向他挥手，而在姑娘身后，就在她站着挥着戴手镯的手的地方，阿斯勒看到珠宝商走了过来，缓缓地，缓缓地，派头十足，他朝阿斯勒走来，然后紧跟在珠宝商身后的是那个老太太而她披着那浓密的灰色长发暧昧地笑，然后她的头发离他越来越近，然后他就只能看到她那长长的、浓密的灰头发，然后他看到了很多张脸，数不清的脸，但没有一个是他认识的，阿莉达在哪儿，小西格瓦尔在哪儿，他们刚刚就在那里，他刚才看到了他们，可是他们现在在哪儿呢，他们在哪儿呢，阿斯勒想，然后一个黑色的口袋被套在他头上，然后一根绳圈套上了他的脖子，然后他听到大喊大叫然后他感到那绳圈抵在他脖子上然后他听到阿莉达说你在那里，我的好男孩，你是世界上最好的男孩，你在那里，我在这里，你别去想，你别眨眼，你别害怕我的好男孩，阿莉达说，然后阿斯勒变成了一种飞翔，他成为一种飞翔然后

它向那蓝得耀眼的峡湾飞去然后阿莉达说睡吧好孩子，

你，好好飞翔吧，好好活着，你，好好拉琴吧我的男孩

然后它飘过蓝色的波光粼粼的峡湾然后升上天空，然后

阿莉达拉着阿斯勒的手然后他站了起来，他就站那儿握

着阿莉达的手

疲倦

爱丽丝把羊毛毯在身上又裹紧了一点，因为天气有点冷，她想，她坐在椅子上朝窗口望去，那窗户几乎完全被白色薄窗帘遮住，只有底部留有缝隙让微光透进来，她看着但恍若无睹，然后她看到有什么人从窗外经过，那是谁呢，她看不到，但是有人从那儿经过，她看到了，现在她就住在这里，她想，在一栋和街道贴得不能更近了的小房子里，她会在这样一栋房子里过她该过的生活，她想，如果没有窗帘的话人人都能看到她现在坐在那里，她想，他们现在应该也能看到她坐在那里，只是看不清楚，他们只能看到一个人坐在那里，她想，但是有人能看到她坐在那儿这事有什么要紧吗？不，一点也不，她想，不要紧，她想，不，确实如此，她想，她有点想把羊毛毯再拉紧一点，把身体裹得更紧一些，然后她想你是爱丽丝啊，你现在是老爱丽丝了，是的，她想，因为现在连你也老了，爱丽丝，她想，现在你坐在你的椅子上努力让自己暖和点儿，她想，然后她想或许她可以试着站起来去往炉子里加点柴，于是她站了起来向炉子走去然后打开炉门在炉子里加了些劈柴然后回到她的椅子上，展开羊毛毯围住自己，然后收紧毛毯裹紧自己，然后她就坐在那里直视前方，望着窗户，她望着客厅里的那扇窗又像是什么都没看见，几乎是这样，然后她看到了阿莉达，她妈妈，她就坐在她在港湾那个家里的客厅，就和爱丽丝现在坐在她客厅里一模一样，然后她看到阿莉达站了起来，慢慢地僵硬地迈着小步在地板上走过，但她要走到哪儿去？她要去哪儿呢？她要出门吗，还是去角落里那个壁炉旁边？然后爱丽丝也站了起来迈着僵硬的小步在地板上走过，然后爱丽丝看到阿莉达打开了厨房的门然后爱丽丝也打开了她家厨房的门，然后阿莉达走进了她的厨房而爱丽丝走进了她的厨房

连我也老了，爱丽丝说

这些年过得真快，她说

而在我眼里阿莉达从来不是老人，反正她活着的时候不是，但我现在常常见到她，她说

这一点真是无法理解，她说

我现在真的是老了，她说

老了，是啊，她说

不能这么说话了，她说

而大部分时间都是我一个人在这里消磨时间，但他们偶尔也会来，某个孩子，某个孙辈，也许吧，她说

但除此之外，就是我在这儿迈着小步来回溜达，还自言自语，是的，她说

然后爱丽丝看到阿莉达坐在厨房饭桌旁的椅子上而爱丽丝走过去在厨房饭桌旁的椅子上坐下来，她的好厨房，爱丽丝想，在厨房里最舒服不过了，她觉得，她一向都这么觉得，她经常冒出这个念头，一向，她一向觉得厨房是家里最舒服的房间，爱丽丝想，她的厨房不算大，但她在厨房里总觉得很惬意，她想，她在这儿有桌子、椅子、橱柜和炉子，她妈妈以前有的那些她都有，在她厨房的一个角落里安着一个黑色炉子，她会在里面生火取暖，或者生火做饭，而她的炉子也很像她妈妈的那个炉子，还有厨房中间的桌子，靠墙的凳子，以及那个客厅还有客厅最里面的那个小阁楼，那个小阁楼她记得再清楚不过了，她们就睡在那儿，她和小妹妹，但这，这已经是很久以前的事了，很多东西都已不存在了，有些东西虽然存在过但不知道为什么就像从未存在过，小妹妹脸色煞白地躺在那儿然后消失，但她那苍白的脸、那张开的嘴、那半睁着的眼睛对她来说是永远不会消失的，她总能看到她的小妹妹，因为小妹妹生病了，死了，而一切都发生得那么快，她本来活着而且是快乐的然后她就生病了，死了，然后就是大哥哥西格瓦尔，其实是同母异父的哥哥，在她还是个小女孩时他就走了而且再也没有回来，没人知道他去了哪儿，但他拉小提琴，她还没听过谁比这个同母异父的哥哥西格瓦尔拉小提琴更好，他真的很会演奏，这可能是她对他唯一的记忆，而他父亲也拉小提琴，他们口中的那个人，他，他叫阿斯勒而他肯定是在比约格文被绞死的，那年头他们是会绞死人的，在从前的日子里他们真会这么做的，他们就是那样，她想，然后她母亲又和她的父亲结婚了，他叫奥斯莱克，是的，是的，事情就是这样，他们都是这么说的，爸爸名叫奥斯莱克而他们都叫他湾老板，因为港湾这儿整个地盘都是他的，那房子，那谷仓，那船库，那码头，那船，都归他所有，这一切都是他打拼得来的，他真是个能干的家伙，然后阿莉达来了，一开始是当用人，还带着一个儿子西格瓦尔，是她和那个被绞死的小提琴手阿斯勒的儿子，事情就是这样，她是在阿斯勒被绞死后才去那里的，反正人们都是这么说的，但妈妈自己从来没说过这事，她从来不愿意说起阿斯勒以及曾经发生过的事情，爱丽丝想，她含糊地提过几次，并不是问，只是像不经意涉及，然后妈妈就完全沉默并从她身边走开，在她的记忆里她妈妈从没有一次提起过阿斯勒这个名字，关于他的事总是由其他人告诉她的，而且那些人总是一有机会就提起，就好像每个人都想让她知道她妈妈以前和什么样的男人在一起，而她被告知的这些东西里到底哪些是真的哪些不是，就很难判断了，当然，因为在杜尔基亚大家都在议论阿斯勒，说他曾经是小提琴手，而且他爸爸也是，还有他强奸了阿莉达还让她怀上了孩子，而当时阿莉达还只个小女孩，而且他还在夺去了阿莉达母亲也就是她自己的外祖母的生命之后劫持了阿莉达，这就是众人所说的，至于这是不是真事，不，那就没人知道了，不，事情不可能是那样，这可能就是大家会想象出来作为谈资的事吧，爱丽丝想，然后传言还说，他又掐死了一个年纪和他差不多的人，就为了偷他的船，这事大概发生在他父亲住过的船库里，就在杜尔基亚，然后，在比约格文，他又掐死了好几个人才被抓住，然后就被绞死了，传言就是如此，但这不可能是真的，她妈妈阿莉达绝对不可能和这样一个人在一起，这样一个不是人的东西，绝对不可能，这不可能，她太了解她妈妈阿莉达了，她绝不可能和这样一个凶手在一起，爱丽丝想，如果这样的人，这样的凶手真的存在，那么绞刑架也就该存在，大家都这么说，而且绞刑架也应该继续存在，至少每个村子都该有一个，他们就是这么说的，而关于阿斯勒做了什么和没做什么的那些说法，哪些是真哪些是假，不，她不知道，但他不可能是什么杀人犯，当时他是她的大哥哥，那同母异父的哥哥西格瓦尔的父亲，爱丽丝想，他绝不可能杀她外祖母，因为有人说她是早上被发现死在床上的，很有可能就是像人们正常过世那样死去的，她很可能就是在睡着的时候去世的，静静地、安详地，也就是一种再正常不过的好死，当然，很可能本来就是这样的，爱丽丝想，她想她现在不能呆坐在这儿，她想，总得有些事做吧，不是这事就是那事，她想，然后她朝厨房的那扇窗户望去而她看到阿莉达站着，就在地板上，在窗前，她站在那里那么清晰，就好像她可以把手放在她肩上，她会尝试去这么做吗，爱丽丝想，不不，她是不能这么做的，她不能把手放在死了很久的母亲身上，爱丽丝想，唉自己肯定已经老糊涂了，她想，脑子不正常了，别人几乎都没法和她说话，不过站在那儿的老阿莉达也是这样，一样的坏脾气，一样骂骂咧咧，爱丽丝想，假如她能壮起胆子对她说些什么，她常想问她妈妈他们说的那些是不是真的，她是不是真的投海了，爱丽丝不相信，但别人都这么说，说她

确实这么做了，还有她是在海滩上被发现的，都是这么
说的，但是她能坐在那儿和一个已经死了很久的人说话
吗？不，她还没疯到这个程度，不，不管他们对她有什
么想法和评价，以及她的这些孩子对她有什么想法和评
价，她知道他们彼此之间会如何说起她，或者对外人怎
么说起她，他们会说她太老了，不能自己一个人住了，
但很显然他们中也没有任何一个人想让她住自己家里，
至少没有人对她说过他们愿意，而且他们手头要做的事
已经够多了，但是她难道不是正站在那里吗，阿莉达，
她想，他们肯定是这样吧，就算他们不为她烦心，他们
自己的事也已经够多了，可是为什么妈妈阿莉达会站在
窗前，站在她厨房的窗前呢，爱丽丝想，如果妈妈要待
在她厨房里，那她就还是回客厅里去吧，爱丽丝想，因
为她没法和已经死了已久的妈妈待在同一个房间里，爱
丽丝想，然后她看到阿莉达转过身来直视着她，阿莉达
想这就是她的小女儿啊，她的好女儿，连她这心尖上的

宝贝女儿也已经这么老了，哦岁月对她来说也过得这么快，快得如此惊人，她想，但是她也有自己的孩子了，爱丽丝，六个孩子，而且全部都长大成人了，都过得很好，每个都是，无论是女孩还是男孩，所以女儿爱丽丝过得很好，阿莉达想，然后她看到小爱丽丝爬上港湾那个阁楼的梯子然后站在最上一级梯子上正正地看着她，然后她说你得睡个好觉，妈妈，然后阿莉达说你也好好睡，小宝贝，你是世界上最好的小姑娘，阿莉达说，然后爱丽丝爬了上去，消失在阁楼里黑暗的某处，在那亚麻羊毛花纹织毯下，在她的那个角落里。然后阿莉达就站在那儿。然后阿莉达走进客厅又走到门口站住，她看到奥斯莱克站在下方的船边，他个子不算大，也算不上强壮，但头发浓密，络腮胡很多而且还是黑的，不过他的头发和胡须也夹杂着几缕灰白，就像她自己的黑发现在的状态，阿莉达想，而她看到他站在那里，奥斯莱克，看着他的船，他可能站在那儿思考着什么，阿莉达想，他对她很好，奥斯莱克，她想，如果她和小西格瓦尔没有遇见奥斯莱克的话会落到怎样的田地呢，他们坐在比约格文的码头上，憔悴又凄惨，她背靠着一个仓库，他们坐在那里，饥饿和疲倦都到达了极点，但奥斯莱克就在那里，不知道他从哪儿冒出来的，总之他就在那儿了，他就站在她面前低头看着她

哦是你吗阿莉达，奥斯莱克说

然后阿莉达抬起了头

你不记得我了吗，他说

然后阿莉达努力思索这是谁呢

奥斯莱克，他说

我是奥斯莱克，住在港湾的那个，他说

杜尔基亚的港湾，她说

是的，没错，他说

然后他就站在那儿什么都不说

哦，我们见得也不多，我年纪比你大多了，但我从

你还是个小女孩时就记得你了，他说

那时我已经成年了，而你还是个小女孩，他说

你想起我了吗，他说

噢，噢，是的，阿莉达说

而她当然记得奥斯莱克，但记得的只有他是站在那儿聊天的那些男人中的一个，她记得他和他母亲住在港湾，但仅此而已，她想，因为他比她老，也许大二十五岁，差不多是这样，也许更多，所以他从来都是被归入那些大人一类的，她想

可你为什么坐在这儿呢，奥斯莱克说

总得坐在什么地方，阿莉达说

你没有地方住吗，他说

没有，她说

你住在街头，他说

我没别的办法，我也没有房子，阿莉达说

你和你的小孩，他说

是啊，我们也没别的办法，她说

而你这么瘦，你也没吃的了吗，他说

不，她说

我今天一天没吃东西了，她说

你起来吧，来吧，跟我来，他说

然后奥斯莱克搀起她的一只胳膊帮她站了起来，然后阿莉达就站在那里，一只胳膊抱着小西格瓦尔，而她的脚边放着她一路拖来的两捆行李，然后奥斯莱克问这些是不是她的东西然后她说是的，于是他把它们拎起来然后他说来吧，然后他们走过了比约格文的码头，港湾的奥斯莱克和抱着小西格瓦尔的阿莉达肩并肩走过了比约格文的码头而他们谁都没说话，然后奥斯莱克走进一条小巷而阿莉达跟在他后面继续走着，然后她看到他的短腿迈着大步，然后她看到他黑色外套的口袋在他的大腿处敞着，她看到他的黑色有檐帽往下直拉到后颈处，在他手里是她的那两捆行李然后奥斯莱克停了下来，他看着她然后点点头把头探进了小巷然后他走进了小巷而阿莉达跟在后面，在胸口抱着小西格瓦尔，而他正沉浸在最安稳最甜蜜的睡梦中，然后奥斯莱克打开了一扇门，他为她撑着门而阿莉达走了进去，她低头看了看然后抬头看了看，她看到一个长方形的房间里面有很多桌子，然后她闻到了熏肉和煎肉的味道，闻起来太香了，突然间她感觉双腿发软，但她把小西格瓦尔紧紧按在胸前并让自己镇定，对，镇定，然后她僵硬地站在那儿，但她以前肯定从来没闻过这么诱人的食物香气，阿莉达想，为什么奥斯莱克现在要把她带到这里来，就好像她有钱买吃的一样，她一枚硬币都没有，阿莉达想，然后她看到人们坐在这儿吃东西，而她从没闻到过这么香的熏肉、煎肉和豌豆，而阿莉达以前也从来没有感到如此饥饿、如此强烈地渴望食物，从来没有过，她记忆里没有，但她，她能用什么来买呢，一无所有，一点钱都没有，于是泪水从她眼里涌出，她站在那里哭了起来，她

有长长的黑发，胸前搂着西格瓦尔

可是你为什么哭呢，奥斯莱克说

而她没有回答

没事吧，他说

赶紧来吧，我们先坐下来，奥斯莱克说

然后他举起一只手指着离他们最近的桌子旁的长凳，阿莉达走过去坐下来了，她觉得屋子里也很暖和，暖和又舒服，然后是这神奇的熏肉、煎肉和豌豆的美妙气味，的确，这里还有煮豌豆的气味，假使她现在手头有钱能买得起什么的话，她就会买，然后吃个不停，阿莉达想，然后她看到奥斯莱克走到柜台前，她看着他的背影，那件黑色长夹克，黑色有檐帽被拉到很低的靠近脖子的地方，然后她想起来他来自杜尔基亚，她想起来了，当她仔细想的时候能记起来，但她记得的也很模糊，他比她大那么多，是个成年男子了，但她能记起他和一些男人站在一起，双手插在裤兜里，这就是她能记得的，他站在那里和其他一些男人说话，他们都戴着一样的鸭舌帽、双手插在裤兜里，都是一个样子，阿莉达想，然后她看到奥斯莱克转过身来然后他端着两个装满了熏肉、煎肉、豌豆、土豆、蔓菁甘蓝和土豆丸子的盘子向她走来，原来盘子里连土豆丸子都有，天哪，她亲眼看见了，阿莉达想，不，谁能想到她会在这样的一天看到这些，然后她看到奥斯莱克的嘴和蓝色的大眼睛都在微笑，这大大的笑容就是他的全部，他整个人，盘子闪闪发光而且冒出了蒸汽，当他把盘子放在阿莉达面前并在盘子旁边放下刀和叉时，奥斯莱克的整张脸像金子一般闪耀，然后他说现在他们俩该尝尝这些吃食了，他自己已经很饿了，而她看起来更是饿得厉害，奥斯莱克说，然后他把另一个盘子放在桌子上他那一边又在盘子边放下刀和叉，然后阿莉达把小西格瓦尔放在她膝头

是啊现在要尝尝这熏肉和煎肉了，一定很好吃吧，奥斯莱克说

是啊，一定好吃，他说

还有土豆丸子，他说

已经很久没吃这个了，他说

全世界最好的美食就在这餐馆里，他说

但是总该还有喝的东西，他说

光有吃的是不够的，他说

可是阿莉达等不及了，她现在太饿了，完全无法就坐在这里看着眼前这些美味的食物，然后她切了一大块熏肉放进嘴里而那滋味，天哪，仿佛她眼球马上要跳出来一样，这感觉太好了，然后她一定要尝一点土豆丸子，阿莉达想，然后她切下了一大块把它浸在油脂里，又用叉子叉起一些煎肉，然后她把它们放进嘴里，一点肥油顺着她的下巴流了下来，但是那有什么关系呢，阿莉达想，然后她深深地呼吸，因为她以前从来没尝过这么好吃的东西，她非常确定，阿莉达想，她咀嚼着、品尝着，然后她又给自己切了一大块熏肉，用手指把它放进嘴里，然后她咀嚼她吸气她呼气然后她看到奥斯莱克走过来了，他在她面前放了一大杯冒着泡的啤酒，然后他在他自己盘子边也放下一大杯啤酒，然后他向她举起酒杯说干杯，而阿莉达也举起她的酒杯，但是那杯子太重了，她也太虚弱了，所以她几乎举不起来，但她最终还是做到了，然后她冲奥斯莱克举起酒杯说干杯，然后她看到奥斯莱克把酒杯放到了他的嘴边喝了一口，啤酒沫沾满了他的胡子，阿莉达把杯子放到嘴边，又喝了更多啤酒，因为说实话，她从来不觉得啤酒有什么特别好喝的，可能还会有点酸、有点苦，但是这啤酒，是啊它又甜又明亮又清淡，一种纯粹的甘甜，的确如此，阿莉达想，然后她又尝了一口啤酒然后她想是啊，是啊这啤酒真好喝，阿莉达想，然后她看到奥斯莱克坐下来，他给自己切了好大一块熏肉然后把它放进嘴里然后他就坐在那儿咀嚼着

味道一流，奥斯莱克说

餐馆的人确实会做吃的，他说

这肉熏得真好而且腌得也好，的确是这样，他说

哦，你刚说什么呢，他说

这是我尝过的最好吃的东西了，阿莉达说

我必须说我也觉得差不多是这样，奥斯莱克说

还有土豆丸子，它们也好吃极了，他说

是啊，阿莉达说

是啊这是我吃过最好的，她说

然后她看到奥斯莱克切了一大块土豆丸子送进嘴里，他嚼啊嚼啊，边嚼边说味道一流，这是一流的土豆丸子，餐馆的人确实会做吃的，他说，不可能有做得更好的土豆丸子了，在其他任何地方都买不到比这更好的土豆丸子了，他说，阿莉达尝了尝蔓菁甘蓝，因为这儿连蔓菁甘蓝都有，又尝了豌豆，每一样的味道都是一流的，她以前从来没吃过味道这么好的东西，如果非得说一样的话，那可能就是圣诞夜西利亚妈妈家里的风干羊

排了，阿莉达想，但是不，不，就连那味道都没有这么好，这熏肉，这些绵软的土豆丸子，所有这些搭配在一起，这可能是她这辈子尝过的最美味的东西，阿莉达想，然后奥斯莱克说是啊这味道真不错，然后他把一块土豆丸子摁进那炸出来的肥油和煎肉里，然后他嚼着，吃着那裹上了肥油、掺进了猪肉末的土豆丸子

天哪，我太饿了，他说

这才是食物呢，他说

然后阿莉达吃着又叹了口气，她感到最糟糕的饥饿马上就要消退下去，而现在纯粹是觉得好吃，尽管不像吃第一口时那么令人吃惊地好吃，当然，但她没有钱，所以她怎么能坐在这里吃着最好吃的东西，在比约格文能找到的最好吃的东西，毕竟她身无分文，天哪，她怎么能过成这个样子，她还能不能管住自己了，阿莉达想，不能这样，不能，她都干了些什么啊，但这也太好吃了，不行，不行，她想，怎么能把自己的日子过成这

样呢，阿莉达想，不，她不能再吃了，这不行，现在她
不再饿得那么厉害了，她好几天没吃东西了，只能喝
水，然后就吃上了这些，她不敢相信，阿莉达想，而现
在，现在她必须离开餐馆，不管用什么办法，尽可能悄
无声息地离开，但她如何能做到这点呢，阿莉达想，而
奥斯莱克抬起头来看着她

这些东西不好吃吗，他说

然后他用蓝色的大眼睛看着她，仿佛不太明白怎么
回事，有点困惑

好吃，好吃，阿莉达说

可是，她说

嗯，奥斯莱克说

而阿莉达什么也没说

可是什么，他说

我，她说

嗯，他说

我没钱付账，她说

然后奥斯莱克扬起了双臂以至于肥油从那叉子和刀上飞溅开来而他那快乐的大大的蓝眼睛看着阿莉达

可是我有啊，他说

然后他一手握拳猛地敲了一下桌子，然后两个盘子都从桌上跳了起来甚至连两个啤酒杯都震了一下，而所有人的视线都转向了他们

这钱我有，奥斯莱克说

而且咧嘴一笑

这家伙还是有钞票的，是的，他说

当然是我请客，你怎么会有其他念头呢，他说

假如我不请一个正挨饿、已饿得厉害的同村人吃饭，那像什么话，他说

那我成什么人了，他说

那可不行，我会付钱的，他说

然后阿莉达说谢谢，非常感谢，但这也太破费了，

她说

然后奥斯莱克说这不算太破费，不算，他卖掉了很多鱼，钱包里有很多钱，所以如果他们想的话，他们可以在这餐馆里吃熏肉和煎肉和土豆丸子和煮豌豆和蔓菁甘蓝以及这里供应的随便什么东西，吃上好多天好多个月都行，奥斯莱克说，然后他举起酒杯喝了一大口啤酒然后擦了擦嘴又擦了擦胡须，然后他深深吸了口气又呼了出去，然后他看着阿莉达问到底怎么回事，她的境况这么糟，而她说没什么，然后他们又坐在那里吃了起来而阿莉达也啜了口啤酒而奥斯莱克说他的船就停在码头附近，明天他会向北航行，他说，他要航行到杜尔基亚，他说，如果她想和他一起回家，她可以一起，而如果她今晚没有其他地方睡，她可以睡在他船舱里的长凳上，那儿还有张床可以躺，还有毯子可以盖，他会给她安排好的，他说，而阿莉达看着他，她不知道自己该怎么考虑或该说些什么，而她也不知道今晚她在比约格文什么地方能过夜，而且如果她回到杜尔基亚，她该在哪儿安顿下来呢？不，她一点也不知道，因为爸爸阿斯拉克肯定不在那儿了而她也不想去她妈妈那儿，她再也不会踏进布罗泰特农场半步，不管她和小西格瓦尔过得有多狼狈，永远不去，永远不去，阿莉达想，然后她举起酒杯喝了口啤酒

是啊，吃了这么多好吃的咸东西后得多喝点，奥斯莱克说

然后他把酒一饮而尽说他想再来一杯，而且他也可以再给她拿一杯，但她那里看起来还剩不少所以可以再等等，他说

但是，刚才说过了，假如你想睡在我的船上，你可以去睡的，他说

然后他们沉默地坐着

你母亲的事真让人难过，他说

我母亲，阿莉达说

是啊，是啊，她死得那么突然，奥斯莱克说

阿莉达打了个激灵，不那么明显，但是还是打了个激灵，所以妈妈死了，她还不知道，但是对她来说都一样，她想，而现在这也让人难过，阿莉达想，她内心充满悲伤而她的眼睛湿润了

是啊，我参加了她的葬礼，奥斯莱克说

然后阿莉达闭上眼睛，她想她母亲已经死了而这反正也没什么差别，但她不能那样想，因为她母亲现在已经死了，不管怎么说她是她妈妈，不，这太糟了，阿莉达想

怎么了？奥斯莱克说

你想到你妈妈了吗，他说

是啊，阿莉达说

是啊，他说

她走得这么突然，这真是让人难受，他说

毕竟她不算很老，他说

而且她也不是得了什么病，他说

这让人完全想不通啊，他说

然后他们沉默地坐了很久而阿莉达想现在她母亲去世了那么她也许可以就这么回杜尔基亚，那么她或许也能住在布罗泰特，既然她母亲去世了，她想，因为她总得在什么地方安顿下来，她想，她和小西格瓦尔总得在某个地方安顿下来，她想

你可以好好考虑一下，奥斯莱克说

是的，如果你想回杜尔基亚的话，他说

然后阿莉达看到奥斯莱克站起来，他站起来从地板上朝柜台走过去时步子好像有弹性似的，而阿莉达想她和小西格瓦尔总得有个地方睡觉吧，因为她实在太累，太累了，她简直可以立即就睡着，坐在椅子上就能睡着，她想，而既然妈妈已经不在了，她就可以回家了，但是妈妈死了这件事实在太可怕，太让人悲伤了而眼下她太累、太累了，阿莉达想，因为她一直在走啊

走，先是从斯特朗德那儿走到比约格文，然后在比约格文的街上走来走去，她一直在走啊走几乎没有睡过，而她不知道到底走了多久、有多久没睡了，她一直在走啊走，就是为了找阿斯勒，她真的去找了，但哪儿都找不到阿斯勒，没有他她要怎么办，阿莉达想，也许他去了杜尔基亚，这也有可能，不，他绝对不会这么做的，不会不带她就走，因为阿斯勒不是那样的人，这一点她很清楚，阿莉达想，但是他去哪儿了呢，他只是去比约格文办点事，他说过的，而她看见他就站在那门口，难道当时她没有感到她再也见不到他了吗，是啊，她真的感觉到了，非常确定地，她看到阿斯勒站在门口而她整个人都感到好像再也见不到他了，那时候她央求他不要走，她的确说过了，但他说他必须要去，她说她内心充满了以后再也见不到阿斯勒的预感，但说这些根本没有用，而她拥有这样的感觉，那也许只是一种感觉，她这样想，想了一遍又一遍，但阿斯勒没回来，过了一天又一天，过了一晚又一晚，阿斯勒再没回来而她不能就在房子里呆坐着，吃的也没有了，什么都没有了，所以她把他们的家当都打包成两捆然后就这样去了比约格文，路途太远了，带着这两捆东西和小西格瓦尔一起走也太难了，而且她也没有东西吃，她在小溪和河里取了水喝，然后她走啊走，当她到了比约格文后她在街上走来走去地找阿斯勒，她问了好几个人但人们只是看着她摇头说什么比约格文到处都是这样的家伙而他们不可能知道她说的这人是谁，他们就是这么说的，最后阿莉达那么累，她感到自己好像再也站不住了，眼皮一次又一次地垂下来，然后她背靠着一个仓库坐下来，就在比约格文的码头上，现在她坐在这儿吃着世间最美味的食物而她太累、太累了，阿莉达想，而这儿，这儿多么暖和，在这儿待着多么舒服，她想，眼皮耷拉下来，然后她看到阿斯勒就站在斯特朗德的房子门口说他不会用太久的，他就是去比约格文办点事，他说，然后事一办好他就马上回到她身边来，阿斯勒说，她说他不能走，她真能感觉到，他不能走，因为那样她可能就再也见不到他了，她真的这么觉得，阿莉达说，而阿斯勒说今天正合适，今天他要去比约格文，但他会尽快回到她身边的，阿斯勒说，然后她听到奥斯莱克说酒杯又满了然后她睁开眼就看到奥斯莱克把那杯啤酒放在桌上，他坐了下来直直盯着阿莉达然后说是啊，刚才说过了，如果她没有其他地方去，她就可以在他的船上过夜，是啊就像刚才说的，他说，阿莉达看着他然后点点头，于是他举起酒杯说我们为此干一杯吧，奥斯莱克说，于是阿莉达举起她的啤酒杯然后两人碰了杯说了声干杯然后两人都喝了一小口然后他们就静静地坐着，他们俩都吃饱了感觉很惬意，两人在吃了这些美食、喝了这些啤酒后都感到又疲倦又暖和，然后奥斯莱克说他有点困了，觉得可以去打个盹，他说，那艘船，是啊，就在码头，走过去一点也不远，所以他们也许可以去船上休息一下，不管怎么样至少打个盹，奥斯莱克说，而阿莉达说她很累了，她简直能在这椅子上坐着就睡着，她说，奥斯莱克说他们可以喝完这杯就去休息，他说，而阿莉达说他们一定要去，然后她喝了点啤酒然后她看到奥斯莱克几大口就喝干了酒杯所以阿莉达说如果他想喝的话可以把她杯里剩下的啤酒都喝了，她说，然后奥斯莱克就把她那杯也举到嘴边一大口就喝光了剩下的啤酒，然后他和阿莉达都站了起来而阿莉达把小西格瓦尔抱到胸前，奥斯莱克拎起那两捆行李就开始朝门口走去而阿莉达跟在他后面，她那么累，几乎都站不起来了，然后她想她还是就看着奥斯莱克的背影吧，她的眼皮又垂了下去于是她看到阿斯勒坐在那边一把椅子上而那是一场婚礼，他在演奏，琴声升起来了，音乐托起了他，然后也托起了她，然后他们一起在这琴声中飞了起来飞向那虚空的高处而他们在一起就像一只鸟而他俩各自是一个翅膀，然后他们就如同一体飞过这蓝天而且一切都是蓝色的、明亮的、白色的，然后阿莉达睁开眼看到奥斯莱克的背影就在她面前，而且她看到他的有檐帽拉得很低，垂到了后颈，然后他朝码头走去而阿莉达在那儿停下了脚步，在那儿，就在她的一只脚前躺着一只手镯，天哪，那么澄黄、湛蓝，那么好看，她从来没有见过这么精致的手镯，这最澄黄的金子和最湛蓝的珍珠，阿莉达想，然后她弯下腰把它拾了起来，多么好看，这么精致的东西她以前从来没见过，这么黄这么蓝，她想，然后，想，想到它就这么躺在码头上，刚好就在她一只脚前面，她把手镯在面前举起来，这手镯怎么会就在此刻躺在那儿呢，她想，肯定有人把它弄丢了，她想，可是现在，现在它是她的了，从现在开始到永远，这澄黄又湛蓝的镯子以后永远就是她的了，阿莉达想，而她用闲着的那只手握着手镯，这真是太不可思议了，她想，居然会有人把这么精致的手镯弄丢，他是有多不在意它才会把它弄丢啊，她想，可是现在，现在这是她的镯子了，而她永远也不会把它弄丢，阿莉达想，因为现在她知道了，现在她知道了这是阿斯勒给她的礼物，她想，但是她怎么能这么想呢，这说不通，她在比约格文的码头上发现了一只手镯然后她就认为这是阿斯勒送给她的礼物，但事情就是这样，这只手镯就是阿斯勒送给她的礼物，她就是知道这一点，阿莉达想，并且她永远，永远，永远不会再见到阿斯勒了，她想，她就是知道，但她不太知道她是怎么知道的以及为什么她会知道，她就是知道，阿莉达想，而她看到奥斯莱克已经在码头上远远走在前面了然后她看到他停了下来望向她，于是她扣上这澄黄、湛蓝的镯子，想，想她现在有一个这么精致的手镯，世界上最精致的手镯，阿莉达想，然后她看到奥斯莱克停了下来指着什么地方，然后他说你看到那边那个岬角了吗，岬角，它叫这个名字，那是他们绞死人的地方，他说就在不久前，也就在几天前，一个从杜尔基亚来的人在那里被绞死了，他说，但你应该知道这事吧，他说，你当然知道，奥斯莱克说，因为那家伙，阿斯勒那家伙，你很了解他，他说，而阿莉达不明白他在说什么，而他仍然指着，那儿，就在岬角那儿，阿斯勒就是在那儿被绞死的，我亲眼看见了，我当时就在那儿看着他被绞死了，我当然在那儿，既然我已经在比约格文了，奥斯莱克说，这是自然的，他说，但是是的，你应该知道了吧，可能你当时也在场，他说，因为他不是你孩子的父亲吗，嗯一定是的，他说，反正别人都是这么说的，那他应该就是了，奥斯莱克说，如果你不离开比约格文，就连你也会被绞死的，他说，所以现在，现在让我们来看看能不能去我的船上，他说，别等到他们把你也带走绞死，奥斯莱克说，而阿莉达听到了他说的话，可是她又仿佛没听到，她太累了，什么都不明白，然后奥斯莱克说看到一个同村的人被绞死，被挂在那里脖子吊在绳圈里真是太可怕了，但他们说这是公平的，如果他真的杀了人，至少杀了一个人，如果这样的话，那这就是公平的，奥斯莱克说，还有她妈妈，她会是怎么回事呢，他说，那么突然就去世了，而第二天她和阿斯勒就都不见了，这是怎么回事呢，还有想要回他父亲留下的船库的那个人，他要阿斯勒搬走，事情肯定是这样的，至少大家都是这么说的，为什么他被发现时已经成了海里的一具尸体，淹死了，这又是怎么发生的，他说，不过所有这些都没有什么确凿证据，但是比约格文这里一名老助产士的事又不一样，她的情况是毫无疑问的，她是被杀的，窒息而死，被掐死的，这是没有疑问的，他们说的，奥斯莱克说做下这种事的人毫无疑问该在众目睽睽之下被绞死，阿斯勒就是如此下场，他说，想想一个人做下这样的事，奥斯莱克说，而阿莉达听到他不停地说啊说可是她不懂他在说什么而她看到阿斯勒走在她前面，他走在码头上背着两捆行李然后他说现在他们必须离开比约格文，他们一定得离开，然后他们就能坐下来好好歇着了，他们就能好好吃点东西，他已经弄到了很多好吃的，他说，而她看着奥斯莱克的脊背，他正走向码头，然后阿莉达用手指捏着金色和蓝色的手镯，这世上最美的手镯，她看到阿斯勒站着看向她然后她朝他走去，走到他身边，然后他说他们得试着走快点，得先走出比约格文，然后就可以慢点走了，那时候他们就有大把时间，那时候他们就能休息一下吃东西然后安静地生活，阿斯勒说，然后他又迈开步子走起来了而阿莉达看到奥斯莱克停下了脚步，他说这就是我的船，在我看来真是艘好快艇，奥斯莱克说，然后阿莉达看到他从栏杆上翻过去上了船，然后他把她的两捆行李放在甲板上然后奥斯莱克站在那里伸出了双臂，然后她把小西格瓦尔递给他同时把那手镯捏了又捏，这世间最精美的手镯，那么黄，那么蓝，然后奥斯莱克把小西格瓦尔夹在一只胳膊下，然后就听到一声愤怒的尖叫，阿莉达没有去拉奥斯莱克朝她伸出的手而是自己翻过了栏杆然后她也登上了船，她稳稳地站在甲板上而小西格瓦尔尖叫着嘶喊着简直用尽了全身的力气，于是奥斯莱克把他递给她然后阿莉达把他按在胸口来回哄着，然后小西格瓦尔不再号哭了，他又在她的胸前平稳地呼吸

是的，我的船就是这样的，奥斯莱克说

我打鱼，然后我把鱼运到比约格文，他说

而现在我的钞票可不少了，他说

然后他拍拍裤子口袋而阿莉达的眼皮又滑落下来，她看到阿斯勒就坐在船尾手握舵柄而他们的目光相遇了而这感觉就仿佛她的眼睛是他的而他的眼睛也是她的，而他们的眼睛看起来像海洋那么大，像天空那么大，而她和他和船就像这明亮天空里孤独的光之运动

不你现在还不能睡，奥斯莱克说

然后阿莉达睁开眼睛而这光之运动远去了然后化为虚无于是一切就是如此然后她感到奥斯莱克的手放在她肩膀上然后他说现在阿斯勒的事的确很糟糕，但这当然不是她的错，她和这事能有什么关系呢，他说，他也非

常理解这一点，但也有些人不是这么想的，所以假如她留在比约格文很可能有人会怀疑她也参与了这件事，这是很有可能的，他说，所以他建议她不要在比约格文逗留，他说，但她在他的船舱里一直是安全的，奥斯莱克说，然后他领着她穿过门，他说那个木桶在船舱后面一个有门的小隔间里，在他们吃饱喝足之后，她可能需要知道木桶在哪儿，他说，甚至他自己也要去木桶那儿，是啊马上就要去，他说，然后他打开了船舱的门，他说这就是我在海上的小安乐窝了，很不错，如果要我自己来评价的话，他说，然后奥斯莱克走了进去点起了一盏灯而阿莉达在这晦暗中隐约看到有一张长凳和一张桌子而奥斯莱克说阿斯勒把她牵扯进去的那事太可怕了，他说，简直让人无法相信，但现在他已经受到了惩罚，所以这就算给死者报仇了，他说，现在他已经付出了生命的代价，奥斯莱克说，而阿莉达能隐约看到那儿有一张长凳和一张桌子，她还看到了一个小炉子然后她在长凳上坐下把小西格瓦尔靠着舱壁放下，现在他正睡得安稳，她用手指捏着这精美的澄黄、湛蓝的手镯，这是世上最精美的手镯了，阿莉达想，然后她看到奥斯莱克正在生炉子

我们必须把这里弄得暖和一点，他说

然后奥斯莱克把刨花和劈柴放进炉子点燃了它们于是火立刻生起来了然后他说他得去木桶那儿跑一趟然后他就出去了然后阿莉达拿着手镯把它举在面前，啊这么精美，她想，这么澄黄，这么湛蓝，这么精美，肯定是最纯的金子打造的，还有这些蓝色的珍珠，就像她和阿斯勒化成天空时的那种天蓝色，就像她和阿斯勒化成大海时的海蓝色，这么澄黄，这么精美，这些宝石这么湛蓝，阿莉达想，这手镯是来自阿斯勒的一件礼物，她很确定，阿莉达想，她就是知道，她比谁都更能肯定这一点，她想，然后她将手镯在手腕上戴好而从现在开始只要她活着它就会一直戴在她手腕上，阿莉达想，她看着

手镯，哦这么美，这太美了，她想，同时眼里冒出了泪水而且她太累了，真的太累了，然后她听到阿斯勒说现在她该睡觉了，现在她该好好休息了，睡上长长的一觉，她很需要休息，他说，而这只手镯是他送的，他说，她该知道的，即使不是他亲手给的，那也没有办法，但这只手镯的确是他送给她的礼物，他说，他去比约格文给他俩买戒指，但他看到了这只极其漂亮的手镯，然后他唯一想做的就是买下它，而现在她拿到了它，尽管这只手镯是她捡到的，但它是他送给她的，阿斯勒说，然后阿莉达在床上躺了下来然后她伸了个懒腰然后摸着这手镯，她听见阿斯勒问她喜不喜欢这个手镯而她说它很美，它是她见过的最精美的东西了，她以前无法相信世上居然有这么精美的手镯存在，所以要谢谢他，衷心感谢，她说，他太好了，他是她的好小伙，而现在，现在她挺好的，阿斯勒说，然后她说她已经躺下了，她要睡觉了，她头上有天花板遮挡而且这里很暖和，所以现在她和小西格瓦尔都挺好的，她说，他不必担心，一切都好，一切都不能更好了，阿莉达说，然后阿斯勒说现在她必须睡个好觉然后阿莉达说他们明天再聊然后她感觉她自己绵软了下来沉入这疲惫的身躯然后就什么都看不见了，一切都是黑暗的，一切都是柔软的、黑暗的，还有点湿润，然后奥斯莱克进来了，他朝她看过来，然后他拿来一张织花毛毯把它盖在她身上然后他又在炉子里添了点柴然后他背靠着舱壁在床脚坐了下来然后他看着前方他微笑了，他看着前方并微笑了然后站起来拧熄了灯芯然后四下暗了下来而他也躺下了，和衣而卧，就躺在甲板上，然后一切都安静了，安静到只能听到大海轻轻摇晃拍打着船舷的声音，这拍击声，这轻轻的撞击声，还有这船的微弱摇荡以及那快要烧完的柴火的噼啪声，而阿莉达感到阿斯勒的手臂环抱着她，他低语说你啊我的爱人，你是我唯一的爱，你，永远是你，阿斯勒说，他把她抱紧然后轻抚她的头发然后她说你是我永远的爱，阿莉达说，然后她听到小西格瓦尔平稳的呼吸然后她也听到阿斯勒那平稳温暖的呼吸而他的温暖传递到了她身上然后她和他的呼吸就彻底平稳下来然后一切都宁静下来还有这温柔的晃动，而她和阿斯勒就随着这同一个温柔的晃动而晃动而且一切都静下来了，都是湛蓝的，这真让人难以置信，然后阿莉达醒过来了，她往上看，她现在在哪儿啊，现在一切在剧烈地上下摇晃，这是怎么回事，她在哪儿，她想，然后她坐在床上抬头看，原来她在一条船上，他们是在海上而昨天，是啊，她登上了一条船而船是奥斯莱克的，因为她和小西格瓦尔总得有个地方睡觉，然后她就在这儿睡下了而现在她醒了，而小西格瓦尔就躺在那边长凳上睡着，而她去比约格文是去找阿斯勒的，但没找到他，然后她就坐下来了然而她现在在哪儿呢，阿莉达想，她要去哪儿呢，阿莉达想，然后她看着手镯，你这么美，而现在，现在她记起来了，是的，她在码头找到了这镯子，它那么精美，那么黄，那么蓝，而且这是阿斯勒的礼物，她觉得它就是，但怎么可能呢，它可能就是什么人刚刚丢失的一只手镯，但好吧，就是这样了，现在它是她的了，然后，他奥斯莱克，他说她母亲已经死了，而且阿斯勒也死了，他们绞死了他，是啊，是啊就是这样，现在她上了奥斯莱克的船而他们正朝杜尔基亚驶去，因为她不能再在比约格文那儿逗留了，她没有房子，也没有钱，然后奥斯莱克说她可以和他一起回老家去杜尔基亚，现在他们肯定是往那边驶过去了，阿莉达想，既然她没在比约格文找到阿斯勒，所以也许这样也好，她总得在什么地方待下来，西格瓦尔也得在什么地方待下来，他们实在是无处可去了，既然眼下她母亲已经死了，她也许就可以回家住下来，阿莉达想，但是她心里有什么东西梗在那儿，就是阿斯勒已经死了这件事，他是被绞死的，他被绞死在岬角，不，不阿斯勒还活着，他必须活着，他活着，阿斯勒当然还活着，任何其他情况都是不可能的，阿莉达想，然后她伸了个懒腰，她看到小西格瓦尔躺在那里睡得那么踏实那么香，然后她打开门出去，一阵清新的风朝她的脸吹来撩起了她的头发，风闻起来有海水的咸味，然后她转过身看到舵柄旁边有个男人，叫奥斯莱克的那个，他站在那儿喊着你好你好，我不能说早上好了，因为现在已过了晌午，奥斯莱克喊道，而阿莉达环顾四周，她看到了远处的大海，开阔的大海，然后她看到那里面的陆地，许多小岛和礁石，而且它们寸草不生，能看到的只有石头

　　船开起来了，这真是好风，奥斯莱克说

　　从比约格文到这儿一直都是顺风，他说

　　我们很快就要到杜尔基亚了，他说

　　然后一阵强风撞击风帆让它哗哗作响

　　你能听到吧，他说

　　这真是好风，他说

　　这样的话不用多久我们就能到杜尔基亚了，他说

我们快要到杜尔基亚了，阿莉达说

是啊，奥斯莱克说

但我在那儿有什么可做呢，她说

我想过了，他说

你想过了，她说

是的，你自己选择了和我同路，奥斯莱克说

是，阿莉达说

是的，我考虑过，你和我一起回杜尔基亚对你来说
是最好的，因为你和你的孩子在比约格文能去哪儿呢，
他说

然后阿莉达走过甲板，然后在奥斯莱克身边站住，
在海上的颠簸航行中保持平衡

但在杜尔基亚我也没地方可去，她说

毕竟你姐姐还在那儿，他说

可我不想去找她，阿莉达说

你可以的，他说

然后他们就站在那里一言不发，风猛烈地吹着帆和头发而海水时不时打上船头冲刷甲板

我和杜尔基亚没有任何关系，阿莉达说

别这么说，奥斯莱克说

你得把船开到别的某个地方让我上岸，她说

但你到那儿去干什么呢，他说

我该在杜尔基亚干什么呢，她说

然后他们又站在那儿一言不发

是啊，奥斯莱克说

然后他没有再说什么而阿莉达也没有再说什么

是啊我母亲去世了，我需要一个人为我打理家务，奥斯莱克说

而阿莉达只是站在那儿什么也不说

你没回答，他说

我在找阿斯勒，她说

但是他，是的我告诉过你他后来是怎么回事了，奥

斯莱克说

而阿莉达听到了他说的话又没听到他的话，因为阿斯勒肯定还在的，没有其他的可能，没有其他的可能

是啊，我昨天告诉过你他后来怎么样了，奥斯莱克说

但事情不是这样的，因为这毕竟只是他说的话，阿莉达想

他的结局就是那样的，奥斯莱克说

我亲眼看见的，他说

然后他们沉默地站着

我看见他被吊起来而且我看见他挂在那里，他说

而阿莉达想她和阿斯勒依然是一对爱人，他们在一起，他和她，她和他，她在他里面，他在她里面，阿莉达想，然后她望向大海又看着天空，她看到了阿斯勒，她看到这天空就是阿斯勒，她感觉到了风，这风就是阿斯勒，他就在那儿，他就是这风，就算他不在了，他也

仍然在那儿，然后她听到阿斯勒说他在那儿，她会在那儿看到他，她望向大海的话就会看到他是那海面上的天空，阿斯勒说，而阿莉达看到了，她当然看到了阿斯勒，但不只有他，她看到自己也在那天空中而阿斯勒说他也存在于她身上以及小西格瓦尔身上然后阿莉达说的确如此，他将永远存在于他们身上而且阿莉达想阿斯勒现在仅仅在她身上活着，在小西格瓦尔身上活着，现在她就是活着的阿斯勒，阿莉达想，然后她听到阿斯勒说我在那儿，我和你在一起，我永远和你在一起，所以不要害怕，我跟随着你，阿斯勒说，而阿莉达望向大海，而在那儿，在天空中，她现在看到了他的脸，像一个隐形的太阳，然后她看到了他的手，她抬起身子而她向她自己挥手然后阿斯勒说她不要怕，他还说现在她必须照顾好自己和小西格瓦尔，她必须尽量照顾好自己和小西格瓦尔，然后，如果不是太久的话，他们会在同一个地方再次相见，阿斯勒说，阿莉达感觉他的身体紧紧贴着

她的身体而且她感到他的手轻抚着她的头发而她也抚摸着他的头发

是啊你说呢，奥斯莱克说

然后阿莉达问阿斯勒他是什么意思而他说她最好留在奥斯莱克身边，因为否则她还能去哪儿落脚呢，他说，对于她和小西格瓦尔来说这可能是最好的，他说

给你打理家务，阿莉达说

是啊，奥斯莱克说

当然我会给你和孩子提供食宿，他说

哦，阿莉达说

还有工资，是啊比其他女佣要多，这个我也可以保证，他说

然后阿莉达听到阿斯勒说这可能是最好的而他会和她在一起，他说，她一定不要怕，他，然后阿斯勒说他们以后再谈而阿莉达说好的

所以你怎么想，奥斯莱克说

而阿莉达不回答

我住在港湾，你知道，他说

我在那儿有房子、船库和谷仓，他说

我还有一个很好的港口，带码头的，他说

还有一些羊，一头牛，他说

我母亲去世后，我独自住在那里，他说

那么你怎么说，奥斯莱克说

你会有肉和鱼吃，他说

还有土豆，他说

而阿莉达想她还能去哪儿呢，所以去奥斯莱克家做女仆可能是最好的

是啊我还能去哪儿呢，阿莉达说

所以你这是答应了，奥斯莱克说

我应该是答应了，她说

这可能是最好的，阿莉达说

应该是这样，奥斯莱克说

是啊我也这么想，他说

我不知道除了这个我还能做什么，她说

好吧，好吧，奥斯莱克说

我需要家里有女人，而你也需要一个地方住，你和孩子，他说

没多久我们就到了，他说

而且港湾是个好地方，你在那儿会过得很开心的，他说

而阿莉达说她要去上厕所而奥斯莱克说就在那儿，就在那边的门背后，他说，然后指着那里，木桶就在那儿，在那个隔间里，他说，然后阿莉达打开门走了进去然后她挂上钩子把门关好然后坐了下来然后她就坐在那儿做她必做的事，这感觉很好，不管怎么说她不用在野外做这件事了，阿莉达想，而且她已经弄不清楚到底发生了什么，她想，而她也不妨就在奥斯莱克家做用人，就像在其他人家一样，他大概也不会比其他人糟，她

想，也许他甚至还更好呢，这是可以想象的，她想，因为她反正也不想去布罗泰特她姐姐家，她怎么会冒出这个想法呢，因为她一度还考虑过，真考虑过，就是她要不要去她姐姐那儿，去问能不能在她那儿住下，她怎么能去考虑这个呢，那么在奥斯莱克家做用人就好太多了，真的好太多了，阿莉达想，这样她就可以在奥斯莱克家做用人，阿莉达想，因为否则她还能去哪儿待着呢，现在阿斯勒已经不在了，同时阿斯勒也和她在一起，不，她实在无法理解这一切，阿莉达想，然后她听到奥斯莱克唱起了歌，我是个生活的水手，他唱道，船是我的世界，我在星空下航行，多么靠近天空，这女孩是我的爱人，大海是我的梦想，我在星空下航行，月亮是我的茧，他唱道，他唱歌的声音倒没有什么出众的，阿莉达想，但他的声音里能听到欣喜和幸福，听他唱歌是让人开心的，阿莉达想，他说什么来着，茧，月亮是茧，他说的可能就是这个，那是什么意思呢，阿莉达想，而她已经上完了厕所，但她仍然坐在木桶上，而茧，那是什么意思呢，她想，然后她听到奥斯莱克喊，你在那里面睡着了吗然后她回答说没有然后他说很高兴听到这个然后他问她是不是已经想好了，是的就是她是否愿意去他家做用人这个问题而她没有回答然后他说现在她要马上决定了，他说，因为现在他已经看到了海角上那个大石头堆，他说，然后用不了多久船就要到港湾了，他说，而阿莉达站了起来然后她站在那儿听到阿斯勒说她最好是去奥斯莱克家做事而阿莉达说可能是这样，因为还有什么别的是她能做的呢，她说，然后阿斯勒说他们以后再聊，她可以去奥斯莱克家，她说，这可能是最好的安排，他说，然后阿莉达说那就这样吧然后她从门上提起挂钩走出去，来到外面那清新的风里，然后她关上身后的门从外面把钩子挂上然后她站在那里两腿分得很开在船上保持平衡而她长长的黑发在风中飞舞然后奥斯莱克直视着她问怎么样了

好，阿莉达说

你怎么想，奥斯莱克说

好的，我去你那儿工作，她说

你想在我那儿当用人，他说

是的，阿莉达说

然后奥斯莱克举起一只手说，看，看那边，那就是大石堆，就在那海角上，他说，而阿莉达看到一个极宽极高的摞起来的石标，石头叠在石头上，就矗立在俯瞰那长长海角的一个山岗，而奥斯莱克说每当他看到这大石堆时，是啊他总是内心充满喜悦，因为那意味着他就快到家了，他说，现在他们将沿着海角航行然后往里面沿着陆地航行一段时间然后就到港湾了，他说，而当他们再往里去一点她就能看到她要住进去的房子，奥斯莱克说，她还会看到船库和码头，然后她还能看到群山和田野和那整片壮观景象，他说，既然现在船上有两个人，如果她能在他收起帆时帮忙操纵一下船就太好了，这样他们就能十分平稳地靠岸而阿莉达说她完全愿意试试，但她以前还从来没有开过一条船，她说，而奥斯莱克说那她就必须过来，他会告诉她怎么做，他说，然后阿莉达站在奥斯莱克身边而他说她得把舵握住于是阿莉达站在那儿握着舵，她可以试着让航线往港口那边偏移一点，她看着他，然后他说港口就是往左打舵于是阿莉达把舵稍微转了一下然后奥斯莱克说要多打很多才会往左转呢，阿莉达照做了于是小艇就往大海方向滑动了一点，奥斯莱克说现在她可以把舵转向右舷，他说，然后阿莉达照做了，然后船就往陆地那边滑了过去，然后奥斯莱克说现在她可以直行了于是阿莉达问他这是什么意思而奥斯莱克说现在她就直接往前开，她可以把目标点定在大石堆那个岬角那儿前十米左右于是阿莉达明白了她要操控着船往那个地方行驶过去，然后她将船舵回转了一点然后船就平稳地向前滑去，然后奥斯莱克说这样非常好不能更好了当他们快到岬角时就得由她来掌舵了，他说，那时他得去管帆，得把它降下来，然后她就必须按照他的口令去做，如果他说向港口那边一点，她就得转转舵，但不要转太多，如果他说全力开向港口，她就必须大力转舵，他说，而阿莉达说她会去做的，她会尽最大的努力完全按照他说的做，她说，而奥斯莱克过来接过了船舵同时他看着她的手镯

啊，你的手镯太精美了，他说

你有这么精美的手镯啊，他说

而阿莉达看着手镯，她真的把这手镯完全忘记了，她怎么竟会这样呢，她想，手镯多美啊，她可能从来没有见过比这更好的东西，她想

是啊，阿莉达说

他们站在那里一言不发

这真的很奇怪，然后他说

什么，阿莉达说

就在昨天，就在我看到你坐在那儿之前，当时有个

人来问我有没有见过一个手镯，他说

是的，在比约格文你能撞见各种各样的人，他说

是啊，阿莉达说

是的你知道的，就是一个那样的人，奥斯莱克说

就在我遇见你之前，在码头上更远一点的地方，
他说

是啊，你可以想得出来她想要什么，他说

但是我，嗯我，他说

是啊，你知道的，他说

嗯，她说

我以为她问我有没有看到一只手镯只是为了搭讪，
他说

然后，正如我说过的，是啊你明白的，然后她说她
丢了一个手镯，一个特别精美的手镯，黄是金子的黄，
蓝是那最蓝珍珠的蓝，他说

然后她问我是否看到过它，他说

那个手镯肯定和你戴的这个很像，他说

是啊，阿莉达说

是的，肯定是，他说

而阿莉达想不，不可能是这个手镯，因为这个手镯是阿斯勒给她的，奥斯莱克想说什么就说好了，但是这手镯是阿斯勒给她的，因为这是阿斯勒告诉她的，阿莉达想，她听到阿斯勒说手镯是我给你的礼物，他说，而奥斯莱克说的那个女人，她从他那儿偷走了它，阿斯勒说，然后她把它弄丢了，然后阿莉达找到了它，事情就是这样，应该是这样，这就是他想要的结果，阿斯勒说，阿莉达说她知道事情就是这样，而现在手镯戴在她的手腕上，而且她必须好好保管它，她说，她肯定不会丢了手镯的，她说，永远不会，她说，而且对于他送的这么漂亮的手镯，她怎么感谢都是不够的，阿莉达说

看那边，你能看到港湾，奥斯莱克说

然后阿莉达看到一个码头，一个船库，然后是一座

小房子和一个小谷仓，上面的是房子，下面靠边的就是谷仓

这就是港湾了，奥斯莱克说

这是我的王国，他说

这里难道不是很好吗？他说

我认为这是世上最美的地方，他说

每一次我看到家里的房子时我心里就充满欢喜，他说

是啊，我终于又回家了，他说

它不大，也不豪华，但这是家，他说

我就在这儿，在这个港湾出生、长大，我也将在这里死去，他说

是我的祖父最先来这儿的，他说

他划船来的，然后他在这里造房子，他说

他是从西边的一个海岛上来的，他说

然后他就买下了这块地，他说

然后他就在这儿住下来了，他说

他就叫奥斯莱克，和我的名字一样，他说

然后他结婚了，和一个杜尔基亚的本地人，他说

然后他们有了很多孩子，其中最年长的是我父亲，他说

他也娶了一位杜尔基亚本地的女人，然后我就出生了，接着是我的三个妹妹，现在她们都已经结婚了，都住在西边那些海岛上，奥斯莱克说

然后他说他和母亲在港湾独自生活了很多年，直到去年冬天他母亲去世，然后就只剩下他一个人了而直到这时他才意识到母亲做了多少事，而没有她，没有她辛辛苦苦的付出，生活会变得多么困难，他说，只有当某些东西消失了你才知道你拥有过什么，他说，是啊，妈妈一辈子都对他很好，他说，但她老了，她身体不好，最后她死了，他说

是啊，是啊，他说

是啊，他说

而他们仍然站着什么也不说

他需要帮助，他说

是的，确实，他说

然后他说他想谢谢阿莉达，因为她答应去他家帮忙，他为此非常感谢她，他说，但现在，现在她必须掌舵了，因为现在他要把帆降下来而阿莉达把住了舵然后她看到奥斯莱克以极快的速度拿起一根绳子然后解开它然后是另外一根，他拉动绳子而帆就鼓动起来

往港口一点，他喊道

然后他到了船的另一边拉一根绳子然后帆动得更厉害了然后它往下降了，现在一部分帆已经落在甲板上了

再往港口多打一点，奥斯莱克喊道

于是一边的帆就直直垂下来而奥斯莱克阔步一跳就蹦到了另一边然后他拉着绳子和旗帜，说他妈的怎么回

事，现在它不动了，然后他又撕又扯又咒骂又尖叫然后帆松动了然后整张帆都堆在了甲板上

再往港口一点，朝着码头，你能看到它在哪儿，他说

然后他跑到第二张帆那里然后他解开绳结拉动着，他从船一侧蹦到另一侧把帆都降下来了而现在帆已经几乎完全降下来

港口的方向再多一些，他喊

再多些，他喊

而阿莉达觉得他的声音里带着点怒气，然后他跑着穿过甲板

打直走，见鬼了，他喊道

然后他抓住舵柄把船打直

他妈的保持这个方向，他喊道

然后奥斯莱克又飞奔着向前跑过甲板然后他把帆完全降下来了

往港口一点，不要太多，一点点，他喊道

然后船就朝码头滑去

往右一点点，他喊道

然后船就沿着码头移动下去，而奥斯莱克站在船头拿着一根绳子然后他把绳圈扔到码头上的系船柱上然后拉紧绳子最后把船系好，然后他拿上另一根绳子，即使船离码头边还很远，他还是爬上船舷阔步一跳就上了码头然后他把这根绳子系在另一根柱子上把船拖过来靠了岸，然后奥斯莱克又回到了船上

你真棒，真是个聪明女孩，一切都很顺利，他说

风像预期的一样好，你也很能干，他说

我一个人可做不到，做不到，他说

然后阿莉达问那么他平时是怎么让船靠岸的

靠岸啊靠岸，他说

我就得靠拖了，他说

我就得把船划到码头去，他说

怎么划，阿莉达说

用一条更轻的船拖着它，划着轻船把它带过去，奥斯莱克说

然后她听到小西格瓦尔哭得很厉害，也许他已经哭了很久了，而她只是没听到他哭，所有帆和绳索的声音以及其他那些不知道是什么东西的声音还有奥斯莱克那些大喊大叫可能都让她听不到他的哭声，阿莉达想，然后她走进了船舱而小西格瓦尔就躺在铺位上，他躺在那里号哭着，还把脑袋从一边摇到另一边

现在我在这儿了，别再哭了，阿莉达说

我的好孩子，她说

好孩子，她说

然后她把小西格瓦尔抱起来，她搂着他让他贴着她的胸口然后她说你能听到我吗阿斯勒，阿斯勒你能听到我吗，她说，然后她听到阿斯勒说他能很清楚地听到她，他一直和她在一起的，他说，然后阿莉达坐下来掏

出一只乳房然后她把小西格瓦尔放在那只乳房边然后他拼命吮吸然后阿莉达听到阿斯勒说现在他饿了，是的，他说，是啊现在小西格瓦尔舒服了，他说，而阿莉达说现在，是啊，她也感觉好多了，她说，而现在他要也在这儿多好啊，她说，而阿斯勒说他在这儿呢，他永远和她在一起，他永远在那儿，他说，然后阿莉达看到奥斯莱克站在门口

是啊该喂他了，他说

他必须吃奶了，阿莉达说

当然，他说

我开始把东西往家里搬了，他说

我在比约格文买了很多东西，他说

盐、糖和面包干，他说

还有咖啡，还有些我没法一一列举的东西，他说

然后阿莉达听到阿斯勒说既然他现在的生活是这样，那么她现在最好在港湾当用人，这样她和小西格瓦

尔就会有饭吃有地方住，他说，而阿莉达说如果他认为应该这样，好吧那就这样吧，她说，然后小西格瓦尔停止了吸吮然后就只是躺着然后阿莉达站起来走到甲板上，她看到奥斯莱克沿着陡坡朝那宅子走去，两肩一边扛着一个箱子，她还看到在那边甲板上放着好些这样的箱子，还有一些麻袋，而她想在这儿，在港湾，在杜尔基亚的港湾，她会住下来，她和小西格瓦尔现在要在港湾住下来，至于住多久，不，这个谁也说不准，也许她会在港湾待上一辈子，她想，然后她想她肯定会待在这儿的，就是这里了，在港湾，她会度过她的余生。这一定会很好的，她想。在这里一个人也许能过上一辈子，她想。而阿莉达翻过栏杆来到码头，她看到有一条小径通向那小宅子，她看到奥斯莱克打开宅子中间的门走了进去然后阿莉达开始沿着小径走上去然后奥斯莱克出来了，他说回到自家房子感觉真好，又看到自家的小屋真好啊，就算它很小，他一边说一边走下了小径然后他说还有很多东西要搬回家，他每次去比约格文都会囤上很多东西，他说，阿莉达走向小屋然后她走了进去看到角落里有一个炉子、一张桌子和几把椅子，墙边有一张长凳，然后还有阁楼，一架梯子通向阁楼，然后她看到一扇门，那应该是通向厨房的，阿莉达想，然后她走过去在长凳上放下了小西格瓦尔，他睡得正香，然后她走到那唯一的一扇窗边看见奥斯莱克肩上扛着一个口袋沿小径走了上来然后她问阿斯勒他有没有什么要说的，他说一切不能更好了而阿莉达感到她那么累，那么累，于是她走向长凳看到小西格瓦尔靠墙躺在那儿而她那么累，那么累，超乎想象地累，为什么她现在这么累呢，可能是因为所有这些事吧，她想，去比约格文，在比约格文大街小巷拖着沉重脚步转来转去，来这里的航程，所有，所有这一切，她想，还有阿斯勒，他不在了但依然很近，所有，所有这一切，阿莉达想，她在长凳上躺了下来闭上了眼，她太累太累了然后她看到阿斯勒在她前面的路上停下了脚步，而她太累了，太累了，她几乎要睡着了，而阿斯勒就站在那儿，他们已经走了很长的路，从他们上一次看到一幢房子到现在，肯定已经走了好几个小时了，而现在阿斯勒停了下来

那儿有座房子，我们去那边，他说

我们现在必须休息了，他说

是啊，是啊我又累又饿，阿莉达说

你可以在这儿等着，他说

然后阿斯勒把两捆行李放下，他走上去来到房子前面然后阿莉达看到他站在门前敲了敲门，然后他等了一会儿，然后又敲了一次

没人应门，阿莉达说

没有，肯定没人在家，阿斯勒说

然后他拉了一下门，那道门是锁着的，然后阿莉达看到阿斯勒飞快往前冲用肩膀撞门然后咔嗒一声，门开了一条缝，然后阿莉达看到阿斯勒走到一棵树前拿出他

的刀砍下了一根树枝然后他走到门前把树枝插进门缝里然后他撬了起来于是门开得更大了然后他再次后退又向前跳并撞门于是门开了，阿斯勒摔了进去然后阿莉达看到他站在了门口

现在赶紧过来，他说

而阿莉达太累了太累了而她想他们不能就这样走进一座房子里去，她看见阿斯勒走进了房子可她还站在那儿然后她看到阿斯勒又出来了

这儿没人住，而且已经很久没人住了，他说

我们可以在这里待着，他说

来吧，他说

于是阿莉达开始朝房子走过去

现在我们很幸运，阿斯勒说

然后阿莉达醒了，她睁开眼睛她看到她躺在里面的这个小屋现在几乎完全是黑暗的然后她看到奥斯莱克站在地板中央的一团黑暗区域里然后她看到他正在脱衣

服，然后她闭上眼睛听到奥斯莱克从地板上走过来的声音，然后他给她盖上毯子然后他也在床上躺下进了毯子里面然后他用双臂搂住她，他把她紧紧搂在怀里而阿莉达想事情就会是这样吧，是啊当然，她想着然后她想现在搂着她的是阿斯勒，然后她就不愿意再多想了，她想，而她完全安详地躺着而且港湾这里还挺好的，房子不是很大，但它紧靠山边的位置很好，而且房子周围都是绿色坡地，而且谷仓就在下面稍远一点靠海的地方，船库也在那里，码头也在那里，而码头边就停着奥斯莱克的船，这里的情况还不坏，而现在羊出去吃草了，牛站在牛栏里，向来是奥斯莱克给它挤奶，牛奶就放在厨房的炉子旁边，他说她会挤奶吗，她当然会，但凡是她不会却又是需要的技能，他都会教她，而所有那些她不会可是他会的又是有用的，他都会教她，他说，在这里她会过得很好的，他说，因为他会工作，会按照一个男人应该做的那样操劳，他说，他就是闲不下来，他说，干活，是啊，如果他还算擅长什么的话，他擅长的就是这个，只要他还活着身体还硬朗，她和她的孩子就能过好日子，他说，而这话并不伤人而且可能还挺好的，外面就是海水和波浪以及汪洋还有风还有尖叫的海鸥，然后一切都会好的，他说，而海鸥们在尖叫而她不愿意再听海鸥尖叫也不愿意再听他说什么然后日子一天天过去，这一天和下一天都差不多，还有那些羊和母牛和鱼，然后爱丽丝出生了，她是一个那么美的女孩，然后她长出了头发和牙齿，她微笑着大笑着而小西格瓦尔也长大了，长成了一个大男孩，很像她的父亲，至少是她记得他的那部分，她记得他唱歌时的声音，然后奥斯莱克打鱼再把鱼运到比约格文然后带着糖、盐、咖啡、衣服、鞋子、烈酒、啤酒和咸肉回家，然后她做土豆丸子然后他们熏肉、晾干鱼而这一年就过去了，然后小妹妹出生了，她如此白皙，头发如此美丽，而每一天就像下一天而早晨是寒冷的，炉子让人暖和，然后春天带着光明和暖意到来，然后夏天有炙热的太阳，冬天带来黑暗和雨雪，然后是雪和更多的雨而爱丽丝看到阿莉达站在那儿，她确实站在那儿，她站在厨房地板中间，就在窗前，老阿莉达站在那里，她怎么可能在这儿呢，这说不通，她不可能就那么站在那儿，她死了很久了，而她一直戴着那个手镯，金子打造，镶着蓝珍珠的，不对，这不可能，爱丽丝想，然后她站起来打开厨房门走进客厅又关上身后的门然后坐在椅子上，把羊毛毯裹在身上，在身上裹得紧紧的，然后她朝厨房门看去，她看到门打开了，她看到阿莉达进来了，她关上了身后的厨房门然后阿莉达就在地板上停了下来，就在客厅那扇窗户前，她就站在那儿可是妈妈不可能做到这些，爱丽丝想，她闭上眼看到阿莉达走到港湾的院子里，而她和她走在一起，手牵着手，然后哥哥西格瓦尔也和她们一起走出来，他们在小屋前面站好而爱丽丝看到爸爸奥斯莱克从码头那边沿着小径走过来，他手里拿着一个小提琴盒，

然后她看到哥哥西格瓦尔跑去迎接奥斯莱克

这儿，小家伙，你有小提琴了，奥斯莱克说

然后他把小提琴盒递给西格瓦尔而西格瓦尔接过来一动不动地站着，手里握着小提琴盒

为了这个，你可没少念叨，奥斯莱克说

可不是，都不敢相信他为了弄到一把小提琴能有多缠人，阿莉达对爱丽丝说

是啊，就在他听过那个小提琴手演奏后，就是从西边一个海岛上来的那个，爱丽丝说

真不敢相信，阿莉达说

而且从那时候开始，他就想方设法在他身边待着，爱丽丝说

是的，阿莉达说

是啊，他是个很好的小提琴手，阿莉达说

他当然是，爱丽丝说

他拉得很好，阿莉达说

可是，爱丽丝说

是啊，西格瓦尔的爸爸就是个小提琴手，阿莉达说

而且几乎打断了她的话

还有爷爷，爱丽丝说

是啊，是啊，阿莉达说

而她的声音几乎是苦涩的，然后她们看到奥斯莱克转身再次下到船上而西格瓦尔拿着小提琴盒向她们走来，他把它放在地上，打开盒子，然后他拿出小提琴把它举在自己面前，举着小提琴面对她们而在阳光下奥斯莱克从船里出来向她们走过来了，他抱着一个箱子，他在他们身边停下

我在比约格文买的东西真不少，他说

甚至连小提琴都买到了，他说

而且这肯定是一把一流的小提琴，他说

我从一个小提琴手那儿买的，他肯定需要一些比这把琴更要紧的东西，他说

不过我付了不少钱，比他的要价还多，他说

我想我以前从来没见过有人像他颤抖得那么厉害，他说

然后阿莉达问她能不能看看那把琴，西格瓦尔把小提琴递给她，然后她发现琴头上的龙头少了一个鼻子

这是一把好琴，我看得出来，阿莉达说

然后她把小提琴递回给西格瓦尔，他把小提琴放回琴盒里然后就站在他们身边，然后他就拿着小提琴盒站在那儿而爱丽丝想着西格瓦尔，好哥哥西格瓦尔，他成了一名小提琴手，除此也没有别的了，但他有个女儿，一个私生女，而那个女儿肯定会有个儿子，他肯定会叫约恩而他也会成为一个小提琴手，他肯定还会出一本诗集，是啊现在的人会做各种各样的事，爱丽丝想，而西格瓦尔完全消失了，现在他已经很老了，可能已经死了，他就那样消失了不见了再也没有消息了，爱丽丝想，为什么阿莉达就那样站在那儿，站在她的客厅里，

站在窗前，她不能那么做，她不能走开吗，假如她不想走开的话那她就那么站着吧，爱丽丝想，而她看到阿莉达还站在地板中央而她不能就让妈妈站在那儿，因为现在这是她的小屋，为什么妈妈不走呢，为什么她不消失呢，为什么她只是站在那儿，为什么她一动不动，爱丽丝想，而阿莉达不可能站在那里，因为她已经死了很久了，爱丽丝想，她到底敢不敢去碰一下她的母亲，去感受一下她到底是不是真的在那儿，她想，但她现在还不可能这么做，她母亲去世已经很多年了，她走进了海里，他们说，但她不知道发生了什么，而他们说了那么多，她当时也无法来杜尔基亚参加她母亲的葬礼，她经常想起这个，想起她没参加她母亲的葬礼，但路途遥远，而且她那时有几个小孩，而她的丈夫去打鱼了，所以她怎么能走开呢，也许是因为这样，因为她没来参加葬礼所以她妈妈现在站在那里而且不想从她身边走开，但她肯定没法对她说什么，她自己也常想妈妈是不是真的走进了海里，那她就不能问她这件事了，不过据说妈妈是退潮时在海滩上被发现的，她不能问她这事，因为她还没糟糕到会坐在这儿和一个早已去世的人说话的地步，即使是她自己的母亲也不行，不，这是不行的，这不行，爱丽丝想，阿莉达看向爱丽丝，她想她注意到了她在这里，她当然注意到了，也许她在这儿打扰了她的女儿，而她并不想这样，她为什么要打扰她自己的女儿呢，她根本不想打扰她自己的女儿，她，这个好女儿，大女儿，也是她两个亲爱的女儿中唯一长大成人并有了自己的小孩和孙子的女儿，然后爱丽丝站起来迈着短小而缓慢的步伐走向通往门厅的门，她打开那扇门走进了门厅而阿莉达跟在她身后迈着短小而缓慢的步伐，她也走进了门厅，然后爱丽丝打开大门走出去于是阿莉达跟在她身后走了出去然后爱丽丝朝公路走去，因为假如阿莉达不想走出她的房子那么她就自己出去吧，爱丽丝想，没有什么其他的办法了，爱丽丝想，然后她朝大海走去而阿莉达迈着那缓慢的短步走着，在黑暗里，在雨里，从港湾那座房子里走下来，她停下脚步转身，她看向那房子而她能看到的只是黑暗中一些更黑的东西，然后她转身继续向下，一步一步，她在海滩上停下，她听到海浪拍打，她感到雨水打在她的头发上和脸上，然后她走进了海浪而所有的寒冷都是温暖的，所有的海水都是阿斯勒，然后她继续往深处走而这样阿斯勒就完全环绕着她了，就像他们第一次见面那个晚上一样，在杜尔基亚他第一次为舞会演奏而一切都只是阿斯勒和阿莉达然后海浪没过阿莉达而爱丽丝走进了海浪，她继续走着，她在海浪中走得越来越远，然后一个浪花盖过了她的灰发

文
景

Horizon

社 科 新 知　文 艺 新 潮

三部曲

［挪威］约恩·福瑟 著
李澍波 译

出 品 人：姚映然
责任编辑：李　琬
营销编辑：杨　朗
封扉设计：张　岩 Chang-Yen
美术编辑：安克晨

出　　品　北京世纪文景文化传播有限责任公司
　　　　　（北京朝阳区东土城路8号林达大厦A座4A　100013）
出版发行　上海人民出版社
印　　刷　山东临沂新华印刷物流集团有限责任公司
制　　版　北京百朗文化传播有限公司

开 本：850×1168mm　1/32
印 张：9　字 数：98,000　插 页：2
2024年1月第1版　2024年1月第1次印刷
定 价：65.00元
ISBN：978-7-208-18662-0 / I·2123

　　图书在版编目（CIP）数据

　　三部曲 /（挪）约恩·福瑟（Jon Fosse）著；李澍
波译. -- 上海：上海人民出版社，2023
　　书名原文：Trilogien
　　ISBN 978-7-208-18662-0

　　Ⅰ.①三… Ⅱ.①约… ②李… Ⅲ.①长篇小说－挪
威－现代 Ⅳ.①I533.45

　　中国国家版本馆CIP数据核字（2023）第212466号

本书如有印装错误，请致电本社更换　010-52187586